奔走子（ほんそご）

—かけがえのない存在—

和田敏男

鳥影社

『奔走子』のお薦め

駒込学園理事長・天王寺住職　末廣照純

和田敏男先生が永年の著作と新しく書き下ろされた文章をまとめて『奔走子』を刊行されました。まことに慶賀の至りと存じます。

和田先生は昭和五二年に都立大学人文学部を卒業され、駒込高等学校に国語科の専任教諭として奉職され爾来四十三年。この度再任用も終わられて退職されます。

当時の校長先生は昭和四九年から就任されていた鶴岡信良先生で、同年から制服がなくなって服装が自由化されました。昭和五二年前後はどのような世相であったか、インターネットで調べてみると、先ず前年の昭和五一年には、ロッキード事件で田中角栄前首相が逮捕。外務省の機密漏洩事件で西山毎日新聞元記者が有罪判決。エボラ出血熱の世界初の患者が発生。毛沢東共産党主席が死去。文化大革命を指導した江青ら四人組が逮捕。そしてピンクレディーが「ペッパー警部」でレコードデビュー。昭和五二年には、全日空、日本航空、ルフトハンザ航空などハイジャックが続発。ニューヨーク大停電。日本初の静止気象衛星打ち上げ。無人宇宙探査機「ボイジャー二号」打上げ。巨人の王貞治選手がホームラン七五六号を達成。新潟市で横田めぐみさんが北朝鮮の工作員に拉致される。そしてキャンディーズが日比谷野外音楽堂のコンサートで「普通の女の子に戻りたい」と解散を宣言。etc。四十三、四年前というと、はるか昔のことと思いますが、このように具体的な出来事を並べてみるとその当時のことが鮮明に思い起こされます。

和田先生は国語科の教師ですから当然のことですが、「国語教育」とはどうあるべきかを常に考え、研究し、授業に臨んでいたと思います。教師とは教室において、常に生徒との真剣勝負であり、それでなくては上質の教育は成立しません。教室での授業が記録されることはなかなか無いことですが、和田先生の場合は幸運にも、その一端を文章に記されており、また「国語教育」のあるべき理念を、情熱をもって披歴されています。

「国語の力って何?」「『愛玩』(安岡章太郎)を高校生と読む」「高生研国語サークル・夏のブックトーク二〇〇八に向けて」等は、和田先生の「国語」論のみならず、文学論や社会観を読みとることができるでしょう。

更には「『もののけ姫』と鑪製鉄」は「総合学習」への試案とありますが、網野善彦の独自の視点からの日本歴史へのアプローチを踏まえて、タタラ製鉄が出雲の地で古代より営まれていた歴史を明らかにせんとするものであり、その過程で日本神話や、鉄をめぐる人間と自然との関係など、まさに複合的、総合的な問題が提示されています。

「リディツェ村の悲劇」は、チェコの首都プラハの近郊にあるリディツェ村に起きたナチス・ヒトラーによる大虐殺事件を現地でレポートしたものです。絶対的な権力による虐殺の恐怖は世界的にみて現代、今の問題でもあります。

中西悟堂は、和田先生の故郷である松江市にある普門院住職を務めた因縁から、特に「天台宗中学時代、松江・普門院時代の中西悟堂」として紹介しています。悟堂は学寮での生活や中学の思い出を天台宗中学校校友会誌『臘伐尼園』に書いていますが、そこにはバーナード・リーチとの交流や、団子坂上でよく見かけた馬上姿の森鷗外のことなどが記されています。

後半の「駒込学園周辺のお寺を巡る文学散歩」と、その姉妹編ともいえる「『団子坂』物語」、「『蕎麦屋』等を巡る文学散歩」「落語の舞台を歩く」「落語の舞台を歩く・続編」はいずれも駒込学園に関係する人たちにとって興味深いテーマであり、どれを読んでもその中に紹介されるエピソードや小説・エッセーなどの文学作品や古典落語がイキイキと活写されていて、読むものがそれらの作品にまたあらためて触れてみたいと思わせる魅力があります。

特に小生は谷中生まれの谷中育ちなので、ここにとりあげられている神社仏閣や『蓮玉庵』などの食べもの屋には小学生の頃から馴染みがあり、また昭和二、三十年代には、円生、志ん生、文楽、三木助、小さんなどをラジオで毎日のように聞いていた古い人間にとっては、このような紹介はまことに有難いものです。

『奔走子』にみられる諸々の文章、作品は和田敏男先生の幅広い教養と確固たる人生観、思想に溢れています。皆さんも和田先生が案内する世界を気楽に散策してみませんか。

奔走子

——かけがえのない存在——

目次

表紙　モザイク壁画「Spring Has Come」
平成十九年度駒込高等学校、平成二十年度駒込中学・高等学校 卒業記念
（デザイン：武蔵野美術大学造形学部油絵学科教授　水上泰財）

扉カット　モクタン・アンジェロ

奔走子（ほんそご）

——かけがえのない存在——

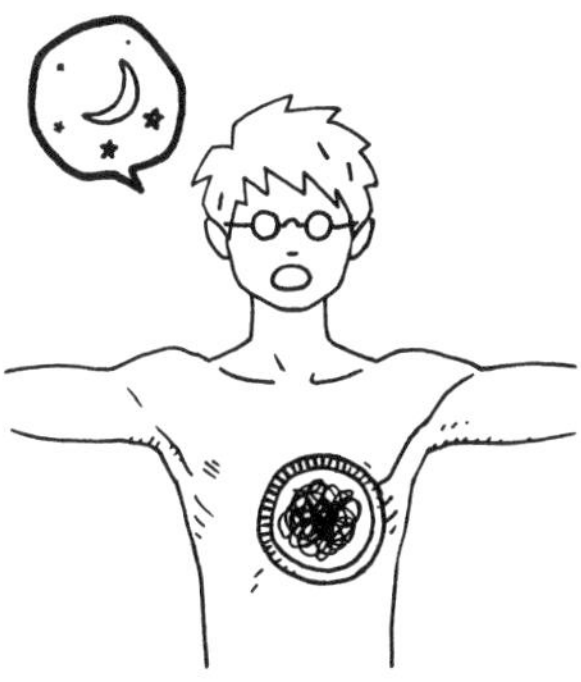

奔走子が光もつよき夏の月〈雪女〉

（『西鶴大矢数』第七二）

まえがき

今年の三月末で、四十三年間、国語教師として勤めた駒込学園を辞するに当たって、今まで学園の紀要や学園PTA玉蘭会誌『たらちね』などに載せて頂いた「国語」や「総合」の授業や文学散歩などの文章に、今回書き下ろした最近の授業実践を加えて一冊の本にまとめた。これは、思い出作りという面もないわけではないが、現在政府によって進められている「教育改革」に対する危機意識もある。

教育再生実行会議で提唱された、「戦後最大の教育改革」と称しての「高大接続改革」は、「センター試験」を廃止して「大学入学共通テスト」にする、高校の教育内容を変えるために指導要領を大きく改訂する（二〇一八年）、という形で進んでいる。

二〇二二年から実施される高校の新指導要領の「国語」では、従来の科目が大きく改変され、必修科目「国語総合」は「現代の国語」と「言語文化」に分かれ、選択科目の「現代文」「古典」「国語表現」は「論理国語」「文学国語」「古典探求」「国語表現」に分かれる。この改訂が今までに築かれてきた国語教育を崩壊させる危機として、二〇一九年に雑誌（『現代思想』五月号、『すばる』七月号、『文學界』九月号、『季刊文化』七八号）で特集が組まれ、批判する書籍（『国語教育の危機』『国語教育　昏迷する改革』（紅野謙介）や『どうする？　どうなる？　これからの「国語」教育』（幻戯書房）など）も立て続いて出版されているので、詳しくはそれをご覧頂くとして、それらの科目の年間指導計画サンプル例を見ると、その薄っぺらな内容に驚くほかはない。「国語」とは「ことば」についての教育であるが、新指導要領の「ことば」観は、「ことば」を一元的な「情報」としてしか見ていないようだ。「ことば」とは多義的で多層性をもつもので、おなじことばでも文脈や語り口によって変わってくる。文学作品を読むという行為には、文脈把握を行うということが必須であり、その力は間違いなく国語の授業で鍛えることができる。また、授業では他の人がどのように文脈を読んだのかを知ることで、たくさんのことを学ぶことができる。

国語の授業で「文学作品」をしっかり読ませることの意味はここにある。「実用文」の中から「情報」をピックアップする「操作」の作業を繰り返す授業では、注意力の養成にはなるかもしれないが、指導要領でいうところの「主体的で、対話的で深い学び」は叶えられないだろう。いや、そのような授業では生徒も飽きてしまって、注意散漫になってしまうだろうことは、国語の教師をやっている者には容易に想像できるだろう。つまり、新指導要領を推進しようとしている人は、今までの国語教育の蓄積を無視し、現場から遊離しているのだ。

「ことば」は、歴史的・文化的に条件づけられる。つまりイデオロギー性を帯びるということだ。尾松亮氏は、『チェルノブイリという経験』の中で、私たち日本人は「フクシマ」を災害のことばで語って来た、という。「福島第一原発事故」という災害からの「復興」。原子力発電所が爆発した直後から、「復興」ということばがスローガンになり、被災地域の子どもらが、「福島県だけでなく、東北・日本復興に向かってがんばっていきたいです。」と作文に書き、オリンピックも「復興五輪」だ。尾松氏は言う。もし、災害のことばでなく福島第一原発「事件」と呼んでいたなら、責任の所在を確定することが最優先になったはずだ、と。また、「風評被害」ということばはロシア語にも、英語にもないそうだ。『人間と教育』九九号のインタビューで、尾松氏は次のように述べている。「一方で、三・一一を語る、言葉の酸欠状態であることのコインの表裏として、過剰な言葉や語りがある。『ガンバロウ福島！』『福島復興！』の大合唱からはじまりました。『地域復興』も『風評被害対策』も、官製言語、あるいは支配言語の枠内のことばです。でも僕ら大人たちが、そのボキャブラリーに乗ったことも事実です。それでしゃべれば、とりあえず大丈夫だと。三・一一とは何か。七年前に起こり、今も続いているこの『何ものか』を語る言葉をまだ見つけられていないように思うんです。」

　支配言語でない、自分のことばを見つけていくこと。話すこと、書くことはそれほど重いことなのだ。「現代の国語」のサンプルでは、四月に聞き手に分かりやすいスピーチをしよう、五月に構成を工夫して意見文を書こう、とある。新学期早々にこのような課題を出すこと自体、「ことば」というものに対する浅薄な認識を示している。『高校生のための文章読本』を編まれた清水良典氏は、実践と議論の末に「国語表現」のプリンシプルに辿り着いた、という。それは、「自分にしか書けないことを、だれが読んでも分かるように書く」ことを指導する、ということだ。
しかし、新指導要領では、「だれが読んでも分かるように書く」ことは求められても、「自分にしか書けないこと」は求められていない。「表現」に求められるのは、即物的な「実用性」ではなく、抑圧されてなかなか表現しがたい個人の内面に形を与えることではないだろうか。そして、それを引き出してくれるのは、「自分にしか書けないこと」に形を与えた優れた文学作品ではなかろうか。この場合の文学作品とは、「論理」と対立するものではない、魂を揺さぶる広義の文学である。

尾松氏からは次のような話を伺った。「『復興』ということばを使わないで、何をしたいですか、と被災した方に伺ったら、〝お墓を作りたい〟というのがあった。」「復興」に向けて、急かされるのではなく、静かに亡くなった方との対話をしたい、ということだろうか。

「対話的で深い学び」という時、そこには「死者との対話」を深く読み込まなければならないと私は考える。サンプル例にはむろん取り上げられていないが、死者、魂との対話が描かれる、石牟礼道子の『苦海浄土（くがいじょうど）』、石原吉郎の『望郷と海』、プリーモ・レーヴィの『これが人間か』、原民喜『夏の花』などを教材として読み込むことに意味があるだろう。

「国語の力って何?――読み書きのこと――」は一九九六年度の紀要掲載のもので、二十年以上前のものであるが、その頃でも、新指導要領の推進者が言うように知識を教え込む一方的な授業が国語の現場で行われているのではないことがわかる。そして、文学作品の読み取りは、自らの体験をくぐり内面化することを通してこそ、「読めた」ということがわかる。

「『愛玩』（安岡章太郎）を高校生と読む」は、昨年行った授業実践をまとめてみたものだが、実はここまで読み込んでほしいという目標には届かなかった。しかし、「語り口」を手掛かりに読めば、高校生もこれぐらいは「読める」ということが実感できた。

「高生研国語サークル・夏のブックトーク二〇〇八に向けて」は、長い間参加して私の学びの場となっている高生研国語サークルでブックトークを行った際に、発表したものである。「解釈主義批判」がテクストの読み取りを浅くしてしまうのではないか、との問題意識からの提起である。

「天台宗中学時代、松江・普門院時代の中西悟堂」は、「日本野鳥の会」を立ち上げた中西悟堂の駒込学園の前身・天台宗中学時代と、我が郷里である松江の普門院の住職をしていた頃を追ったものであるが、私の探鳥（これも中西悟堂の造語）趣味の出発点になった。

「『もののけ姫』と鑪製鉄」は、島根県の吉田村の菅谷鑪を訪れ、『もののけ姫』に描かれた人間と自然との関係について考察したものである。

「リディツェ村の悲劇」は、二〇〇二年にチェコのリディツェ村を訪れ、「悲劇」の生き残りのメロスラバ・カルボラさんからお話を伺った、その聞き書きである。これを書こうと思ったきっかけは、二〇〇三年三月二十日からアメリカが攻撃を始めたイラク戦争である。しかし、今年の初めにトランプ大統領命令でイランのソレイマニ司令官殺害で戦争への危機が一気に高まり、さらに日本政府は自衛隊を派兵してその危機に拍車をかけている今こそ読む価値のあるお話だと思う。なお、この悲劇の引き金となった「ハイドリッヒ暗殺」については、ローラン・ビネが『HhH　プラハ、一九四二年』に見事な文学作品として描いているので、ご一読してほしい。

「駒込学園周辺のお寺を巡る文学散歩」「『団子坂』物語」「『蕎麦屋』『小料理屋』『焼鳥屋』を巡る文学散歩」は、学園周辺で生きた文学者がその時代にどのように生きていたのか、学園周辺を舞台とした文学作品について書いたものだが、文学作品の読み取り方についても紹介しているところが味噌である。

「落語の舞台を歩く」にはたくさんの「落語」が出てくるが、歌舞伎などの芸能を含む広い意味での文学とのつながりを書いているのが味噌である。「落語」を楽しむようにお読みください。

国語の力って何？

——読み書きのこと——

新しい神秘よ！
力と友情との、
新しい人類の結合のために、
生まれ出づる神秘よ！
沸(わき)上って
この魂のない醜い潜在の黴(かび)を払い落せ！
――――――――――
醜い骸骨の舞跳(ぶてふ)をおどらせよ。
――――――――――
跳りながら消え失せよ！

――『骸骨の舞跳』（秋田雨雀）

先日、一人の中学一年生（女子）が来て、いきなりこう言うのだ。「先生、プリント下さい。」「何のプリントだい？　宿題のプリントのことかい？」「いや、そうじゃなくて、親がおまえは国語の力がないから、国語の先生に何かプリントをもらって勉強しろっていうんです。だから、プリントください。」「でもね、あなたはまだ『あのころはフリードリヒがいた』についての課題プリントを提出していないから、そちらを先に提出しなさい。」「でも、私がその本を読んでいたら、親がそんなものを読んでないで、国語のプリントをもらって勉強しなさいって言うんです。だから、プリントください。」（彼女の親が「そんなもの」といった本は、冬休み中に全員が読み終えるように課題としてあった、ハンス・ペーター・リヒターの『あのころはフリードリヒがいた』のことである。）[※1]それに関わる課題をプリントで与えてあったのだ。だから、私は「その本を読んで、感じ、考えることが国語の力になるのだよ。」と言ったのだが、彼女はとにかくプリントをくれと言ってきかないのである。[※2]彼女の言っていることから類推すると、彼女の親は何か国語の問題プリントをやることで国語の力をつけさせたいと考えているようなのである。

さて、「国語の力」というのはいったい何なのだろう。「国語」とは何か、なぜ「日本語」と言わないのか、その違いは何か、と言ったことはそれ自体大きなテーマとなるのだが、ここでは問題としない。一般的に考えられている、国語を「読み書きの力」ぐらいに理解して、そういう力をどうしてつけるのか、と問題をたてても、雲をつかむようなもので、いっこうにはっきりしてこない。昔から、読み書き算を基礎学力と考えてきた、その読み書きの部分を国語の授業が担うという（それ自体も検討の必要があるが）曖昧な前提をもとに、まず、国語の授業を生徒の目から見る、というところから出発しよう

生徒たちはどのような国語の授業を望んでいるのだろうか。それを知るには、生徒たち自身に訊いてみるのが早い。中学生にも、高校生にも「思い出に残っている国語の授業」という題で、作文を書いてもらったことがある。何を望むかという問いとは少しズレるが、それを知る手がかりは得られるだろう。

まずは、中学生。

(1) 私の思い出に残る国語の授業は、三年生の時にやった『ちいちゃんのかげおくり』です。この話の最後の授業で、みんなでちいちゃんに手紙を書いたのを覚えています。

私は、ちいちゃんがかわいそうでした。戦争でちいちゃんは死んでしまったからです。でも、物語の中で「死んだ」という言葉は一言も使わず、「小さな女の子の命が夏の空に消えた」と表現してあり、私は読むたび悲しくなります。直接物事を表現していない所がはかない命だった事を読者に伝えることができるんだな、と私は思います。

ちいちゃんに手紙を書いた時、ほんとにこれがちいちゃんに届けばと思いました。かげを見ると何となくかげおくりを思い出すのは『ちいちゃんのかげおくり』が大好きな心が私にも少しわかったからだと思います。

（中一、女）

(2)　僕の思い出に残っている国語の授業は、六年生の最後に自分史の絵巻物を書いたことです。家の押し入れの奥からアルバムや写真の束などを探して生まれた時から幼稚園、小学生までの写真を見たりおじいちゃんやお母さんに聞いたりして、学校の授業八時間分つぶしてやっとできあがった。この時の苦労を今でもちゃんと覚えている。でも、この絵巻物をつくりあげた時はほっとしていた。

（中一、男）

(3)　僕の思い出に残る授業は、小学校の時だが、ある一つの物語を学習していくと必ず疑問というものが出てくる。国語はいろいろ答えがあるので、そこでその先生は、討論会というのを開いた。自分が正しいと思う答えにつき、意見を交わしあうのだが、僕はその時、初めて討論ということを知った。その後もちょくちょく討論会はあったが僕はこの時恥ずかしかったのか、あまり意見を言わなかったという記憶がある。今思うと緊張せず、もっと積極的に意見を述べればよかったと思う。これはなかなかよい意見だと思ったが言えずに心に何かひっかかるものがあり、自分の意気地のなさを感じることがあったりした。

（中二、男）

(4)　何年の時の授業かは忘れてしまったけれど、教科書に書いてあった一枚の地図を見て、自分で物語をつくる授業がありました。これを作る時は、話が作れなくてけっこう苦労しました。

私の作った物語はあまり上手にはできなかったけど、他の人の作った物語を読んでけっこう楽しかったです。

（中二、女）

(5) 五、六年の国語の授業は、詳しくやりました。授業を延長して、物語を紙芝居にしてみたり、教科書以外の物語を朗読して、それを録音してみたり、漢字でも、その学年以上のものを習ったりしました。

（中二、女）

(6) 思い出に残る授業は、中学校の一年生の時の授業です。和田先生の時間で『しろばんば』をやっていたときです。みんなで意見を出し合って、どこがクライマックスかを話し合ったときが、思い出に残っています。自分は意見を出さなかったけど、班で意見を出しました。

（中二、男）

(7) 僕の一番覚えている国語の授業は、中学一年の時にやった『少年の日の思い出』でした。この単元では、よくグループに分けて相談や話し合い、何分かたつと答え、質問をするという形式でとてもやりやすかったと思います。

和田先生はまず、時間、場所、登場人物を訊いてきます。それが解決すると段落に分けます。その時の討論は激しく、一時は止めることがあり、先生が近い答えを出して解決していくことが、多かったと思います。僕にとってこの単元が一番楽しく、やりやすかったと感じました。

（中二、男）

(8) 小学校の六年生の時、『赤い実はじけた』というのをやりました。内容は、綾子という女の子と同級生の一夫という男の子の恋の話でした。先生や友達がとても興奮していました。みんなはやはり先生の恋話をしてくれと言いました。そして先生は、とうとう話しました。その時、ほんの五分くらいの話なのにみんな静かになってしまいました。自分もそのことがいつまでも、頭の中に残っています。

（中二、男）

(9)

思い出に残る授業は、小四の時の授業でした。その先生はとてもおもしろく、いろんな自分の体験談を話してくれたり、先生自身も国語を得意科目にさせようと必死でした。私も小四のころから本をたくさん読むようになり、国語の成績も学期ごとに上がっていき、とても好きになりました。

その先生は男の先生だったけど、今でも忘れられないのが、戦争の話を私達に話してくれた時、先生が泣いてしまったことです。「泣く」というより、「目がうるんでいた」といった方が合っているかもしれないけど、その時はみんなびっくりしました。その時私は男の人でも泣くんだなって思ったし、それと同時に戦争というものがどんなに人を傷つけ悲しませているのかと思いました。

あんなにいつもにこにこし、人を楽しませることの好きな先生を今までと違った目で見るようになりました。

（中二、女）

同じように高校生にも書いてもらった。

⑽ 中学三年の時にやった授業が印象に残っている。これは、説明文の授業をしている時に、段落分けのことで、意見が分かれてしまい、それぞれ自分と意見が同じチームに入り、チーム同士で約一ヶ月間も、この段落分けについて言い争ったことが最も印象に残っている。

（高二、男）

⑾ 私の印象に残っている授業といえば、小学校の時にやったディベートです。授業の中で、二つの考え方がでてきて、そのどちらかに自分がつき、クラスの中で分かれて話し合いをするものです。その授業のために自分たちでいろいろと調べてきて発表し、全員が燃えていました。しばらくその授業をやり、結局どちらが正しく、どちらが正しくないかということは、わからないまま終わりました。しかし、私が授業のためにこんなに頑張ったのは初めてで、私にとってとても印象に残っている授業です。

（高二、女）

⑿ 小学校四年生の時に、班ごとに分かれて先生の出した課題をやったのが印象深いです。僕は国語が苦手で、国語の授業はわからないのでほとんど寝ていました。しかし、班ごとで考えれば、僕がわからなくてもまわりの人が教えてくれて、助け合いができます。中学校や高校では、班で考える時間などありません。だから印象に残っていると思います。それに、僕が国語の授業で最も集中した授業だと思います。

（高二、男）

⒀ 国語で一度だけ変わった授業がありました。いつもは、先生が解説してくれるのですが、自

分たちで訳したり、それに関わることを調べて発表したり、とにかくいつもとは変わっていました。先生から教えてもらうということではなく、自分たちの力で調べて解いたということで、とても満足感があり納得いきました。　（高二、男）

⒁　私が印象に残っている作品は、中一か中二でやった『サーカスの馬』というやつです。作者はだれだか思い出せませんが、この中に出てくる少年の口グセが好きでした。その口グセとは「まあいいや、どうだって」というやつでした。この授業をやった後、やたらとクラスではやりました。

もう一つあるのですが、これは作者も題名も忘れました。でも、その中に出てくるエーミールという少年のセリフが気にいりました。「つまりきみはそういうやつなんだな」というやつです。これもクラスではやりました。　（高二、男）

⒂　私が小学校六年生の時の国語の授業が一番印象的です。その内容は、ある物語を劇のように発表する授業です。このことを先生から言われたとき、みんなびっくりしていたのをよく覚えています。期限は一週間という約束で、各班ごとに役を決め、放課後残って練習していました。私は、脇役だったのでそんなには大変ではありませんでしたが、主役の子なんかは泣きそうになっていた子さえいるほど緊張したらしいです。みんな、今後このような授業はないと思ったらしく、精いっぱいがんばっていました。　（高二、女）

⒃　小、中、高校生活の中において私が一番印象深く、そして、楽しく勉強できたのは、小学生

の時だったと思う。特に五、六年生の時の授業が一番印象に残っている。「なぜだろうか?」とこの理由について、いろいろ考えてみると少しだが分かってきた。それはたぶん私が作品を読んだときの感想をはっきりと素直に言えていたからだと思う。私だけではなく、小学生の頃はみんなが作品を読んで思った事を簡単に抵抗なく言えたような気がする。

(高二、男)

長々と生徒の作文を引用してきたが、ここからどのような「生徒の求める授業像」を導き出し、描いたらいいのだろうか。

まず第一に話し合い、討論のある授業である。(3)、(6)、(7)、(10)、(11)からは、いずれも、作品の「読み」をめぐっての討論やディベートがなされている様子がわかる。そのことによってどれだけ読みや認識が深まったかは、この作文からだけではわからないが、少なくとも授業に主体的に参加したこと、あるいは参加しようという意志は読み取れる。

第二に自己表現のある授業である。(1)、(4)、(5)に描かれた授業は、テキストから、主人公に手紙を書いたり、物語を作ったり、紙芝居にしてみたり、と様々な表現活動が取り入れられているが、それは目の前のテキストを自分の中をくぐらせ、新たな物語やテキストを紡ぎだす作業と言っていいだろう。そうした作業を通したからこそ、(1)を書いた生徒は自分の中で「ちいちゃん」と共に生きることが可能になったのだろう。こうした表現活動は、(2)に描かれたように、自分自身の物語（ストーリー）が周りの家族、社会との関わりの中でどう展開していくかを観ていく自分史という歴史（ヒストリー）になってより大きな意味をもつ。ここには、書く[※3]という行為そのもののもつ意味がある。

第三に自己表現とつながるが、身体表現のある授業である。⒂からは物語を演劇化させ、身体表現させていることがわかる。「ことば」はもともと「身体」から切り離されたものではなかった。それがいつのまにか、身体の実感から離れた単なる情報として浮遊するようになった。「ことば」の生命を身体表現の中でもう一度回復させる授業といっていいかもしれない。しかし、この授業では体が開かれていくのではなく、緊張してしまっているようなので、ねらいが達成されたのかどうかはわからない。

第四に調査、研究とその発表のある授業である。⑾や⒀には、調査と発表が授業の中でなされたことが書かれている。どんな内容と方法でそれがなされ、「ことば」の授業との関連はどのようなものかはわからないが、「私が授業のためにこんなに頑張ったのは初めて」「とても満足感があり」という言葉から、主体的な「学び」があったことは確かだろう。技術やスキルという時、調査、研究の方法、技術を身につけさせる必要があるだろう。

第五に、生徒の現実に食い込むだけの魅力、力をもった作品が提示される授業である。⒁には作者名や後者の作品については題名さえも忘れた小説のことが書かれているが、高校二年生になっても心に残っている作品である。いや、心に残っているのは口グセとセリフである。

「まあいいや、どうだって」は安岡章太郎の『サーカスの馬』を読み解く上で決定的に重要なことばであるが、これが「学校的尺度」から自分をそらし、精神の自由を得ようとする「ぼく」について、「みじめなサーカスの馬が頑張っているので、僕も頑張ろうと生まれ変わった」式の道徳的解釈ではなく、よくその本質を生徒たちがとらえていることは、その口グセがクラス中にはやったことからわかる。

後者の小説は、もうずいぶんと長く中学の教科書に載せられている、いわゆる「安定教材」と言っていい、ヘルマン・ヘッセの『少年の日の思い出』のことだが、「つまり君はそういうやつなんだな」というエーミールのセリフの部分はこの作品のクライマックスといってもいい、重要なセリフである。蝶をつぶしてしまったことを許してもらおうとする「ぼく」はエーミールに拒絶される。自分の犯した罪は償えないこと、自分を受け入れない「他者」を知っていく、というこの作品を読み解く鍵を握るセリフである。生徒たちは作品を自分たちの生活現実に照らし、食い込ませて受け止めているのだろう。

第六に、教師の「一人称の語り」のある授業である。(8)には教師自らの恋愛体験が語られる場面、(9)の戦争の話というのは体験談かどうかはわからないが、自分の思いが語られていることは間違いない。第三者の解説ではない、一人称の語り、自身の語りがなされるならば、子どもはそれを深く受け止めるという事実がここに示されている

第七に学び合いのある授業である。知識の量によってランクづけされるのではない、共に学び

合う授業である。⑿には班内の助け合いの中で、「いつも寝てばかりいた僕」が最も熱中する姿が描かれている。そして⒃は、意見を抵抗なく言えるようにしてくれる集団の存在を示している。しかし、このことはここに示した作文からうかがわれる授業すべてについて言えるのではなかろうか。なぜなら、それを受け止めてくれるような「学びの共同体」とでもいえるようなものがなくて、どうして安心して自己表現ができよう。また、安心して意見を言える場がなければ、討論も話し合いもできないし、調査、研究も共に調査できる仲間がいてこそ可能だといえるからだ。

さて、今までみたような授業の像は、教師がためこんだ知識を一方的に生徒に伝達し、注入していくといったものとはかけ離れたものであることは明瞭であろう。生徒が自分たちの仲間と自主的な「学び」を育む授業といっていいだろう。※4それは子どもが持っている「興味」と合致する。

ここでは、教育内容、教材、※5授業の過程などひっくるめて述べたが、おおまかな授業の像は想像してもらえると思う。しかし、このような授業を作りあげるためには、授業準備のための多くの時間が必要であり、それだけの余裕が教育現場にないのも事実である。さらにクラスの定員ももっと少なくならなければ、一人ひとりの「学び」に添えないであろう。そういった、いくつかの困難や障害はあるものの、こういう方向性をもって望むことを自らに課したいと思う。

国語の力って何？　という問いからだいぶズレてしまったようだが、このようなズレが大事なのだ。「国語の力」という時の「力」とは「学力」と理解していいだろうが、その「学力」という言葉について、『ひと』（一九九七年二月号）誌で佐藤学氏は、「〝学力〟幻想を斬る＝学力は貨幣である」という論文で、「学力」ということばの曖昧さを指摘しながら、「学力」という幻想が貨幣のように機能していると言っている。「第一に学力は貨幣と同じように評価基準として作用する。個性的で多様な経験を一元的な尺度で値踏みする。第二に学力は商品のように交換手段として機能する。これは、その役割を労働市場や受験市場で果たしている。第三に学力は貯蓄手段として機能している。いつの日にかなにかの目的に備えて貯えるものと考えられている（パウロ・フレイレが「銀行預金型の教育」と名づけたように）。第四には学力は想像的表象の産物であり、仮想現実の社会を構成する。それ自体としては何の意味もない一枚の紙切れのテストの点や通知票が、資本のような幻想を生み出して、その評価以外のものを無意味で無価値にしていく。」このように「学力」という観念は幻想であり、そういう言葉は使わない方がいいと言う。そして、「学力」という虚構のベールをはぎとって、新しい「学び」の実践を探求すべきだと、締めくくっているが、共感するところが多い。

今の公教育を、生活経験から切り離して、基礎基本だけを身につけさせる「基礎・基本教室」にしてしまおうという経済同友会の「合校」論などバカげたもので現場の教師なら生活経験と切り離して基礎、基本を教えても子どもたちは修得できないことはすぐわかるのだが、こんなものが真面目に議論されているところに日本社会の危機がある。

もう一度、国語の授業にもどろう。子供たち[※6]が自らの生活現実、生活の文脈、時代状況をくぐらせて、テキストを読み取ろうとすることをうながすことが今こそ求められているのではないか。最後に、岩田宏[※7]の「住所とギョウザ」という詩を中学生がどう受け取ったかを紹介して、終わりにする。

住所とギョウザ

岩田　宏

大森区馬込町東四ノ三〇
大森区馬込町東四ノ三〇
二度でも三度でも
腕章はめたおとなに答えた
迷子のおれ　ちっちゃなつぶ
夕日が消えるすこし前に
坂の下からななめに
リイ君がのぼってきた

おれは上から降りて行った
ほそい目で　はずかしそうに笑うから
おれはリイ君が好きだった
リイ君おれが好きだったか
夕日が消えたたそがれのなかで
おれたちは風や帆前船（ほまえせん）や
雪のふらない南洋のはなしした
そしたらみんなが走ってきて
綿あめのように集まって
飛行機みたいにみんな叫んだ
くさい　くさい　朝鮮　くさい
おれすぐリイ君から離れて
口ぱくぱくさせて叫ぶふりした
くさい　くさい　朝鮮　くさい

今それを思いだすたびに
おれは一皿五十円の

よなかのギョウザ屋に駈けこんで
なるたけいっぱいニンニク詰めてもらって
たべちまうんだ
二皿でも三皿でも
二皿でも三皿でも！

『岩田宏詩集』

(A)

住所とキョウザを読んで感じた事は、僕も同じような体験があるなって事でした。

小学校の頃ぼくはいじめられていました。そしてちょうど同じ様に四、五人に囲まれて、何か憶えてないけど悪口言われて、そしたら仲のよい友達が来て「あ、助けてもらえる」って思ったんだけど、そんなに甘くなくてそのまま見ぬふりをしてどっか行ってしまいました。それ以来その人とは気まずいふんいきがつづいていましたが、卒業する時その時の事を謝ってくれてとてもうれしかったです。

この詩の主人公みたいのは、リイ君とどの様にして話したんだろうって思いました。多分この時主人公はリイ君と同じくらいつらかったと思います。

(B)

僕はこの詩を読んで一番感じたことは、この子の気持ちです。

僕はこの子の気持ちがとてもよくわかります。それはなぜかというと僕もそういうことが何回もあります。

いつも仲がいい友達なのにその子がみんなからいじめられたりしている時僕は、一緒になってその子のことをいじめてしまったことがあります。

だから、僕はその子のことがとてもよくわかります。だけど、これからはいじめられる子の立場になって考えたいと思います。

(C) 私は〝おれ〟がみんなとあわせて、リイ君のことを「朝鮮　くさい」といった時、リイ君と同じくらい〝おれ〟も傷付いていたと思う。
だって、自分の意志じゃなく、周りの目のせいで友達を裏切ることは、すごくつらいことだからだ。この時の〝おれ〟は、この〝つらさ〟がよく分からなかったから、リイ君を裏切ったのだと思う。

でも、今の〝おれ〟は、この一件を思い出すたび、ギョウザを食べてしまう。ニンニクのいっぱい詰まったギョウザを、二皿も三皿も食べてしまう。自分も朝鮮くさくなろうとする。だからきっと、今の〝おれ〟はつらさを理解したのだと思う。もうこの人は、人を裏切らないと思う。

(D) この詩には、今歴史でやっている中国、朝鮮人への日本人が思っている気持ちがそのまま入っていると思う。また、この詩をみて最初「こわい」という感じがした。中国、朝鮮人に対して優越感をもっているのは大人たちだけではなく、子供たちもそのような目でみていたと……。

この「おれ」という人は世間の考えがなければリイ君ととてもいい友人になれたと思う。それなのに、ちがう子供たちと一緒になるとその気持ち（リイ君に対する好意）は弱まってしまうのがとても悲しい。

今、この世の中はもうそういう差別はなくなったとは思うがやっぱり戦後五十年とはいえ、昔差別を受けた人々の心の傷は消えないと思う。そのような、昔おこった事を書いているこの詩は現在、平和となっているこの世界に罪悪感を忘れさせないためにもとても必要な詩だと思った。

(E)　日本人ではなく朝鮮人のリイ君を本当の友達として見ていた彼は、とてもやさしい少年だとぼくは思った。

別の悪ガキどもが来てリイ君にむかって、

「くさい、くさい」

と、言っていた時、この主人公は声を出さず口だけを動かしていた。普通は、これは裏切りのように見えるかもしれないが、口を開けていないと、いっしょになっていじめられるし、しかも声を出していないので決して、この主人公は、リイ君を裏切ってはいなかった。

でもこの主人公自身は、リイ君を気づかったよりも裏切ったという気持ちの方が、あったのかもしれない、なぜか、それは、二連めで、

「なるたけいっぱいニンニクを詰めてもらってたべちまうんだ」

と言っている所で、昔のことで自分が許せなかったのかもしれない。

(F)

ぼくはこの詩を読んで一つの言葉がとても印象に残りました。

その言葉とは「口ぱくぱくさせて叫ぶふりをした」という所です。要するにこれは友人のリイ君を思いやってやった行動です。本当ならかばってやめろ！　と言いたいのだけど、言ってしまうと自分がいやがられてしまうのでしょうがなく、口ぱくぱくさせて叫ぶふりをしたのだということが、すごく伝わってきました。

この一文にもずいぶんと色々な意味があるのだなあ……とつくづく思いました。

《注》

※1　私は『あのころはフリードリヒがいた』の課題として、次の点を問うた。

一、読んで一番印象に残った部分を書き抜きなさい。また、その理由を書きなさい。

二、「ぼく」のお父さんがナチスの党員になった理由は何だろう。

三、「儀式」の章で、「ぼく」はフリードリヒに何を感じたのだろうか。

四、「ぼく」までも反ユダヤの嵐にまきこまれていっている場面があるが、それはどういう場面だろうか。

五、日本のこと、現代のこと、自分の身のまわりのことに引き比べてみて、似ていることがあれば書きなさい。

六、全体を通しての感想を書きなさい。

※2　彼女の名誉のために、その後「先生、昨日二時までかかってフリードリヒを読んだよ。よかったよ。」と言ってきたことをつけ加えておく。

※3　内田伸子氏は『子どもの文章』（東京大学出版会、一九九〇年）の中で、「書くこと」について次のように言っている

「子どもは想像力をはたらかせ『もの』や『こと』についての体験や印象を複合して、たえずイメージを作り出し、作り替えながら『内的な』世界――『現実についてのモデル』――を構成していく。このことを本書では『世界づくり』と呼ぶ。このときの「世界」とは子どもを取り巻く外界の『もの』や『こと』だけでなく、外界と内的世界をつなぐ自分自身のからだ、さらには内的世界としての認識それ自体をも指している。私は本書のテーマである『文章を生みだす営み』はこの世界づくりの一環として捉えられると考えている。この世界づくりにことばは独特なはたらきをするのである。」

※4　J・デューイは『学校と社会』（岩波文庫、一九五七年）の中で、子どものもつ四つの興味を、「これらの四つの興味――談話、すなわちコミュニケイションの興味、探究、すなわち物事を発見す

る興味、物を製作すること、すなわち構成の興味、および芸術的表現の興味」としている

※5　佐藤学氏は『授業研究入門』（岩波書店）の中で、授業のもつ三つの側面として、「認知的・技術的な実践、対人的・社会的な実践、自己内的・倫理的実践」を挙げている。

※6　藤本英二氏は「高校生と『不意の啞』（大江健三郎）を読む」（雑誌「高校のひろば」一九九六年春号、労働旬報社）の中で、「読むという行為が読者の経験や時代状況に規定されながら成立する」と言っている。この大江作品も九二年にアメリカに留学していた服部剛丈さんがハロウィーンパーティーの訪問先で射殺される事件が起きたときには、外国語がわからないことが部落長の死に結びついたことが察知され、九五年のアメリカ兵による少女暴行事件が起きたときは、「占領下の日本」が部落長の死の原因だという意見が高校生から自然に出てきたという。

（これ以降は今回つけた注）

※7　この詩に描かれたようなヘイトクライムの状況は過去のものでないことは、デモやネット上のヘイトスピーチや書店に並ぶ嫌韓本の隆盛を見れば分かるが、加藤直樹の『トリック　「朝鮮人虐殺」をなかったことにしたい人たち』によれば、二〇一七年九月一日に小池百合子都知事が関東大震災朝鮮人虐殺犠牲者追悼式典への追悼文送付を取りやめた背景に、「朝鮮人が放火やテロをやったのは事実」と主張する虐殺否定論に立つ右翼団体と都議の要請があったことが明らかにされている。

加藤直樹の『九月、東京の路上で（一九二三年関東大震災ジェノサイドの残響）』を原作に、坂手洋二の作・演出で下北沢・スズナリで「燐光群」の公演を観たが、ごく普通の人々がデマに乗せら

れ、残虐な行為を行うようになるのか、背筋が寒くなった。

関東大震災時の朝鮮人虐殺については、日暮里出身の作家、吉村昭の『関東大震災』に詳しい。劇作家・秋田雨雀は震災翌年の大正十三年四月にこの朝鮮人虐殺事件を真正面から取り上げた戯曲『骸骨の舞跳』を『演劇新潮』に発表するが、直後に発売禁止となる。この『骸骨の舞跳』を劇団「青年劇場」は、二〇一五年夏に《創立五〇周年》小劇場企画として上演したが、自警団と朝鮮人を守る青年との間で揺れる自らも被災者の「老人」を好演したのは、私の大学時代からの友人、広戸聡君である。

ジャーナリストの安田浩一氏は、新型コロナウィルスの感染防止策としてさいたま市が市内の幼稚園、保育園に備蓄マスクを届ける際に朝鮮初中級学校幼稚園部を配布対象から外した〝マスク騒動〟の際に、〈マスクが欲しければ国に帰れ〉〈浅ましい。厚かましい〉などという、怒声交じりの電話や罵詈雑言を連ねたメールが同園を襲っているという事実を述べた後、関東大震災時の朝鮮人虐殺のことにもふれ、次のように書いている。

「取り返しのつかないことが起きる前に、そして社会と地域と人の命を守るために――。差別を断じて許容しないという強い意志を固めるべきだ。国も、自治体も、そして私たちも。」

（『東京新聞』二〇二〇年三月二七日夕刊）

《参考文献》

・『シリーズ学びと文化』佐伯胖、藤田英典、佐藤学編（東京大学出版会　一九九五年）
①学びへの誘い　②言葉という絆　⑥学び合う共同体
・『講座学校』堀尾輝久他編（柏書房　一九九六年）
第5巻「学校の学び・人間の学び」
・講座『高校教育改革』竹内常一、太田政男、乾彰夫、仲本正夫、吉田和子（労働旬報社　一九九五年）
2、「学びの復権――授業改革」
・『学校を非学校化する――新しい学びの構図――』里見実（太郎次郎社　一九九四年）
・『〈対話〉をひらく文学教育――境界認識の成立』須貝千里（有精堂出版　一九八九年）

『愛玩』（安岡章太郎）を高校生と読む

この半狂乱の空気ね、そういうものに一人で対抗出来るというものがあるとすれば、それは文学だろう。

——安岡章太郎

一　作品について

『愛玩』は昭和二十七年に「文學界」十一月号に掲載された短編小説である。

登場人物は、語り手の「僕」と父と母の家族三人、それに父のもと部下、肉の仲買人の五人で、戦後の「僕」の家族は無収入に近い貧乏生活であったが、それで一儲けしようと父が買ってきたアンゴラウサギに三人が振り回され、家族三人が「家畜化」してしまう。そして、父の一儲けの夢は消え去り、アンゴラウサギを肉屋に売ってしまう、という話が、「僕」によってユーモラスな「語り口」で語られる。

家族三人は、それぞれ戦時中の生き方を戦後にまで引きずり、もちこしている。

父は元日本軍の獣医で、南方から引き上げてまる四年になるのに、抑留中におどかされたらしく、外で袋叩きに合うことを恐れて家から一歩も外に出ない。戦場生活の影響で、ノコギリ、解剖鋏（ばさみ）、ガラスの破片、雑草の種子、階級章、カアキ色の糸などなんでも宝物としてしまい込んでいる。

母は、サッカリンの行商でイカサマ物を近所の人に高値で売ってしまい、それから配給当番になっても疑ぐられる始末で、おそろしいインフェリオリティ・コンプレックスに陥って、自信を失っている。金銭勘定もおぼつかなく、ノコギリをカツブシ削りと間違えて茶簞笥(ちゃだんす)にしまい込むほどである。
僕もまた、兵隊のときにかかった脊椎(せきつい)カリエスがなおらないで、寝たり起きたりの怠慢な療養を続けている。
というように、「生活能力を徹底的に欠いた人間ばかり集まっている一家」であるが、三人とも戦争を引きずって生きている。しかし、語り手の「僕」だけは、戦争の継続でしかない戦後を「対象化」しようとしている。それは、『愛玩』の冒頭に表れている。

貧乏というものが、ある欠乏と云ったものでないことはたしかだ。そいつは、むしろベタベタくっついてくるものだ、と僕には思われる。僕の一家は、親子三人、父も母も僕も、そろってこの数年間ほとんど無収入にちかく、むかしからいう「赤貧、洗ウガゴトシ」の状態といってさしつかえないと思うのだが、家のなかはガランとしたり、風とおしがスウスウしたり、そんな、洗われた感じはすこしもなく、逆に雑多でトリトメのない、ぬるぬるした変に熱ッぽいもので充満しているのである。

「ぬるぬるした変に熱っぽいもので充満し」た「そいつ」(＝貧乏)は「ベタベタくっついて」きて、僕の内部に入り込んできて僕を犯していく。それは、僕にベタベタと寄りかかってくる父や母ともかつての戦争とも重なっていく。だから、僕はなんとか「そいつ」を自分から引き離し、対象化しようとするのである。

しかし、父の買ってきたアンゴラウサギによって、僕は内部崩壊させられていく。

> ウサギは、ひる寝て、よる暴れる。ガリガリ檻の木をかじる音や、床板をバタバタふみならす音、それに古いトタン板を利用して巧妙に作られたパイプ（なんとそれは、うごきまわるウサギの尻と自動的に合致する仕掛けになっている）を伝って排泄物の流れる音、……これらの騒音が闇の中から不規則に、そして絶え間なくきこえてくるのだ。僕は夜半に、枕もとから駈けこんだ物凄くずう体の大きなネズミに足か頭を齧られている夢で目をさます。……いちど目をあけたが最後だ。今度は本物の魔物が僕を食いにやってくる。ムズムズしたふとんのワタの中につっこんだ足さきから、なんとも云えないクスグッたさが這い上ってきて背骨の患部にはいり込む。（中略）
> ……騒音にかこまれた暗やみのなかで、不眠のため一層神経質になった僕は、自分の身体が内側と外側の両方からばらばらになって溶けてしまいそうな気がする。

僕の身体の崩壊は僕の人格内部と外部世界の崩壊でもある。それは、戦争にまきこまれていった僕が体験した内部崩壊と外部崩壊そのものでもある。その意味で戦後も戦争は僕の中で続いている。だから、僕は「満身の力をこめて体を硬直させて」それに抵抗しようとするのである。『愛玩』では、戦後が戦争を引きずり、継続し、繰り返されてることが、僕の家族を舞台に語られた小説なのである。

二　授業で高校生はどう読んだか

『愛玩』は、二学期の後半、高校二年生の「現代文」の授業でとりあげた。

文学を読むとは、その作品世界が全体として何を表現し、提示しているかを読み解くことである。授業で文学作品を教材として「読む」場合も同じである。

教科書につけられている手引きでの設問やセンター試験の「小説」で問われることの多くが、主人公や登場人物の「心情」である。しかし心情を追っているだけでは、作品世界を読み解くことはできない。では、何を読む必要があるのだろうか。それは、「どのように語られているか」という語り手の「語り口」である。

『愛玩』は、戦後が戦中の繰り返しであるように語られていると、先に書いたが、授業においても、それぞれの場面でどのように戦争が重ねられて語られているかを読み解くことが、中心になる。

たとえば、『愛玩』の中で、語り手の「僕」は「父」の戦後の働きぶりを次のように語る。

ところで、この父の働きぶりほど僕をイライラさせるものはないのだ。へいぜい仕事というのは、天気ならば庭の芝生をはがすことであり、雨天ならば種々様々な無用の箱をつくることである。それは実利の点からみて何の益もなく、また趣味娯楽としても合点がゆかない。しかもその熱心な意欲は、どんなに想像してみても何から湧いてくるものかサッパリ見当がつかない。この鵠沼（くげぬま）海岸は波が荒く風が強いことで有名な土地だが、舞い上る砂煙のなかで、「ひえーッ、ひえーッ」と云うカン高いかけ声とともに、踊り狂う人のようにクワをふるっている父の姿は、やりきれない徒労の孤独と絶望とに僕を追いやる。

この「父の働きぶり」は何と重ねて見ることができるのだろうか、と生徒に問うた。

- 戦争中に死にものぐるいで戦っていた日本軍の姿。
- 戦争中に意味も無く戦わされた日本兵を重ねている。
- 戦地に出征し、洗脳されたかのように働く軍人たち。
- 意味も無く、やっても無駄なことをしている戦争中の日本軍。
- 無益な戦争のために数多の兵士達を犠牲にしてまで戦い、無駄な労力を使った日本軍と重ねている。

- 戦争中にお国のためならばと無益な事に一生懸命に働いた日本軍兵士と重ねている。
- 無駄なことにとてもエネルギーを使っているところが戦争中の日本軍兵士と重ねている。
- 戦争の後には何も残らないのに必死にエネルギーを使う日本軍兵士の姿を重ねている。
- 勝ち目のないムダな戦争をする日本軍兵士と重なって見える。
- 戦時中の、勝利を目指し必死に戦い狂う日本軍兵士の様子。
- 戦争中の無謀な戦いに向かう兵士たちに重ねて見える。
- 戦争中に、日本を勝たせるために、ただ一心に狂ったように戦っていた日本兵の姿。
- 少し狂気じみた父の姿は、戦時中の狂ったように国を信じ続けた国民と重なって見える。
- 今まで必死に戦ってきたが、敗戦し徒労に終わってしまった日本軍兵士。
- 目先の利益のために、無謀な作戦で挑む戦争中の日本の姿。

高校生は、「父の戦後の働きぶり」を戯画化(カリカチュアライズ)した「僕」の語り口から、父があの戦争を戦後も引きずっていること、いや同じことを繰り返していることを読み取っている。

さて、戦争の継続でしかない戦後の家族をなんとか突き放し、対象化しようとするが、それは僕のカタカナによる語りに表れている。

あるときヒョックリ、父のもと部下だったという僕らの知らない人が、父を「カッカ」と呼びながら訪ねてきた。この人が父に変な夢をふきこんで行ったのである。次の日の朝、父はめずらしく服を着かえて何処（どこ）かへ出掛けた。母と僕とは、てっきり何かウマイしごと口でもあったらしいと、疑いながらも幸福な予感がして、

「お父さんも、あれでチャンとした恰好（かっこう）をさせればなかなか立派だからねエ。」と云う母の言葉に、僕はあいづちを打ってウナずいた。（傍線：和田）

生徒には、この傍線部分のカタカナ表現で語った理由を問うた。

「カッカ」

- 戦争はもう終わっていて、今は将官と部下の上下関係はないのに、いまだに「カッカ」と呼んでいることに、違和感を覚えたから。
- 戦争が終わったにもかかわらず、わざわざ訪ねてきて、父を「カッカ」と呼ぶ元部下の企みに対する違和感を表すため。
- 部下は「変な夢」をふき込みに来ているのであり、普通上司のように尊敬している人物であったら、そんな人にふき込んだりしないだろうから、カタカナになっていることで、敬意が含まれていないことを表している。
- わざとらしく、父親をおだてているようにみえる。

「ウマイ」しごと口

・知らない人が父に怪しい仕事を勧めているように感じたため。
・実際には利益につながる話ではなく、怪しい話であり、カタカナにすることで、うさん臭さを表している。
・ことばの本来の意味と違って裏があるということをにおわせるため。

ここでは、カタカナで語ることによって、戦後にも戦中の軍隊の上下関係を持ち込んで「ウマイ」儲け仕事を吹き込もうとすること、その話にまんまと乗っかっていく父の姿を、疑い、危ぶみ、同時に滑稽に感じて茶化しているように「僕の語り」を読み取っている。

生徒には、さらに「カタカナ」で語ることの意味、働きを問うた。

・滑稽で空っぽで、不確実なことを意味しているように思った。
・作品の世界の異常さや滑稽さを効果的に表している。
・カタカナにしなくてもいい部分をわざとそうすることで、その単語が皮肉めいた表現になる働き。

僕は自分にまとわりついているもの、「ベタベタ」とくっついてくるものに対して距離をとり、対象化しようとしている。その僕の語り口は、戦争に耐えてきた僕の姿勢と同時に、戦争の継続である戦後的状況に対する僕の姿勢を表している。

さて、「ウマイ」儲け口と思ったアンゴラウサギが、実は大変な「悪人」で、暴れまわり、家族を家畜化し、僕の人格も崩壊させようとするのであるが、そのアンゴラウサギの鳴き声を「陛下のお声」と重ねて、語っている部分がある。

これまでそんなことは考えてみたこともなかったが、ウサギは「キュウ、キュウ」と云って鳴くのである。この鳴き声をきくと僕はなんだかガッカリする。……陛下のお声をはじめてラジオできいたときのような、ある空(むな)しさがやってくる。

生徒には「ウサギ」と「陛下」の共通点は何かを問うてみた。

・ウサギはあれだけ暴れまわっていて、陛下は大元帥として破滅へと向かう戦争の責任を持っていたが、どちらも声が頼りないということ。
・うるさく暴れまわるウサギが実は「キュウ、キュウ」といった弱々しい声で鳴くのと、戦時中指揮をしていた天皇の声が思っていたよりも頼りない声であり、どこか拍子抜けするような点。
・暴れまわり、暴威をふるっているが「キュウ、キュウ」と頼りない声で鳴くウサギと戦争中は無謀な戦争の責任者であったが、初めて聞いたラジオで頼りない声で話す天皇の、行動と声の違いが大きい点。
・ウサギはいつも暴れて僕の眠りを妨害してくるのに、「キュウ、キュウ」と頼りない声を出すのと、無謀な戦争をどんどん推し進めていたのに、放送の声が弱々しかったのを重ねている。
・あんなにうるさく暴れているのに、「キュウ、キュウ」と頼りない声を出すウサギと、あんなに犠牲を払った戦争の責任者である天皇の初めて玉音放送で聞いたお声が同じく頼りないという点。
・陛下は、無意味で犠牲の多い戦争を始めた人物であり、ウサギも「僕」の身体や金を喰うだけの利益にならないものだった。天皇のお声を初めて聴いた時は今までの戦争が無益だったということを悟った時であり、ウサギも無益なものだったと悟ったという点。

ここでも、戦後が戦争の繰り返しとして語られていることを、読み取っている。※1

父はウサギの飼育にいよいよ熱を入れ、(顔つきがますますウサギに似てきて)「すべての栄養分析表を暗記して食器も洗わせない」でウサギに餌をやる、「人間の頭髪から兎毛を成長させる栄養分を抽出することを思いつき」とうとう「お前の頭、ずいぶん毛があるなア」と僕の頭髪にまで目をつけるまでになる。このことから僕にとって父がどのような存在に見えるように語られているかを問うた。

・父の「合理性」は極めて偏執的なものであり、常識や他人の考えを顧みず、目的の為には何をしでかすか解らない恐ろしさとある種の狂気をもはらんでいることがわかる。
・自分の野望の為には息子でさえ利用しようとすることから、僕の尊厳を奪ってくる存在。
・ウサギで儲けることに執着するあまり、「僕」の尊厳まで犯そうとする、ウサギに似かよった存在。
・戦争によって個人の尊厳がないがしろにされたように、僕の毛を自分の商売に利用しようとする存在。

ここで、戦時中の家族での人間関係と同質のものが、戦後ウサギで一儲けしようという父の投機行為の中での人間関係に現れていることが語られている。儲けのためには、息子の髪の毛でさえも刈り取ろうとし、個人の尊厳など少しも考えず、自分の所有物のように思っているのである。ここにも、戦争の繰り返しがあるが、次のようにその父の野望が消えてしまうことにも、敗戦の繰り返しが語られている。※2

とうとう父の野望がいっぺんに消えてしまう日がやってきた。それは苦心して作ったイモ畑のイモが二三日の雨で腐ってしまうよりも、タワイなかった。僕の家でウサギを飼い始めたことがその原因であるかのように、アンゴラ・ウールはもはや流行しなくなったのである。もともとウサギは繁殖しやすいものなのだし、毛も父が発明するはずの薬なんか飲ませなくてもウンと生えているのだから、このことはむしろ当然であった。……毛や子ウサギを売って月々八千円もうけたり、品評会に出して一等賞をとろうとしたことなどは、いまや夢となって崩れてしまった。だがウサギどもは、幻滅の灰のように白い毛を家中に振り撒(ま)きながら依然として暴れまわっている。

（傍線：和田）

この「幻滅の灰のように」と重ねてイメージされるのはどのようなものか、生徒に問うた。

・日本が戦争に負けた時と同じ状況。日本が勝てると思って戦い始め、日本中や朝鮮なども巻き込んで総動員で行った戦争でさえも負けてしまったように、父の野望もいっぺんに消えてしまった。
・父の野望が水の泡となり、アンゴラウサギの毛が何の意味も持たなくなった様を、敗戦時の荒れ尽くし何も無くなってしまった日本とを重ねている。敗戦直後のように夢見た世界とは違う現状に落胆し、絶望している様。
・無謀で叶うはずのない戦勝という野望を持ち、意味のない事や道理に反した行いをし続けた戦時中の日本であったが、終戦を迎え、まだ戦争のことを引きずり続けている自分たちを重ねている。

・日本は必死に戦争に勝とうとしていたが、敗戦によりその目標は消え、領土の拡大や資源の確保といった夢は崩れていき、残ったものはほぼ灰となった町と甚大な被害であったということ。戦時中、戦後の日本と「僕」の家を重ねている。

このように『愛玩』は戦争の悲劇が二度繰り返されているのであるが、二度目の悲劇に一度めの悲劇を読み取ることで、二度目の悲劇を相対化、喜劇化しようとしている。それは、僕の「語り口」がアイロニーとユーモアに満ちていることで読み取れるのである。『愛玩』を「語り口」で読まなければ、読めない所以（ゆえん）である。

さて、授業の最後に、生徒に「次の二つのテーマのうちどちらかを選んで作文してください。」という課題を出した。何人かの作文を紹介する。

①『愛玩』には、戦争という最大の投機行為[※3]が戦後にあっても繰り返されていることが描かれているが、そのことについて、または現代日本においても繰り返されているか、あなたはどう考えるか、書きなさい。

②『愛玩』の中に描かれた「僕」と「父」「母」の関係について思うことを、自分の親子関係とからめて書きなさい。

①日本は日清戦争で勝利し、清から多額の賠償金を得たことから味を占め、次なる戦争に進んでいった。賠償金や領地ほしさ、欧米列強への対抗として日本は次々と開戦していった。これにより、国民は国の陰謀に巻きこまれ、大きな負担を背負わされた。徴兵され、戦地に行き命を失ったり、配給制となった食べ物で耐えしのぎ、日本国が勝つためならと、自らを犠牲にした。その結果、『愛玩』に書かれているような人が生まれてしまったと考える。戦争の後遺症ともいえるだろう。日本は戦争に投機した結果、何の利益も得られずむしろ負の利益を得た。（M・A）

①日本が戦争で勝つ保証がないのに、国家総動員法を出して国民全員を巻き込んで、お金も命も全て費やした。『愛玩』では、父が戦後に儲かる保証もないのに多くのお金を投資して、ただでさえ貧しい生活だったのにダマされて喜んでいるのが、戦争と同じことが繰り返されているように感じた。（T・M）

①　投機とは「変動を利用して短期的に利益を得ようとしてリスクに資金を投じること」と辞書にある。短期的に他国に勝利することで利権を得ようとし、根拠もなく戦果を当てにし、国民の財産と生命をリスクに晒（さら）すという点で、戦争は大規模な投機である、といえ

る。日本の太平洋戦争は恐慌からの一発逆転を狙ったという点で、極めてギャンブル性の高い投機であったのかもしれない。そして『愛玩』に描かれる父が、貧困からの逆転のためのアンゴラウサギに入れ込んでしまう姿は、戦時の日本のミニチュアであり、その惨めさや滑稽さは痛々しいものだ。

（F・S）

①　戦争には漠大なお金や戦力を使い、国をかけて挑みます。その目的の一つとして国家予算の何倍にもなる賠償金を得てお金儲けをするということがあります。その行為は『愛玩』に出てくるアンゴラウサギと同じです。物語の中で父親と母親はお金儲けのために道具としてアンゴラウサギを育てました。しかし、ウールの需要がなくなり夢が崩れ、アンゴラウサギはいらない存在になってしまいました。これは戦争に大金をつぎこんで負けてしまい、一円もお金儲けができず、マイナスな効果を戦争がもたらす、ということと同じです。

これは現代社会に置き換えると、国際貿易があてはまると思います。戦争で植民地となったアジアの国の多くは、現在発展途上国となっています。先進国は発展途上国の安い賃金で働く人々が作った安い商品を買います。これは強い国と弱い国の戦争の名残が残っているところだと思います。ここで問題となるのは安い労働力です。先進国は多くのお金を投資することで、安い労働力の問題が解決されたとしているかもしれませんが、それは間違いです。多く投資することでもっと多くの商品を作らなければなりません。結果としてこれはマイナスとなります。そして、先進国で売れないと超過供給となり、マイナスになります。これは戦争での投機行為と類似しています。（Ｏ・Ｓ）

①　私は、現代日本でも戦時中や『愛玩』の時期（戦後）とは違う形で、戦争は繰り返されていると思う。

……二つ目は人間関係だと思う。一緒にいる人に合わせて、おもしろくもないことで笑ったり、他人の悪口を言っている人達を見ると、私は『愛玩』に出てくる家族がだんだんと家畜のようになっていく様子が書かれている場面を思い出す。戦時中も戦後も現代でも、人間は皆、誰かの（何かの）空虚な声に操られて家畜のようになっていくのだと思う。（Ｏ・Ｍ）

②　……彼は亭主関白のように自分が振る舞えないと気が済まないのか、家庭内に絶対王政に近しいものを敷き、家族としてではなくストレスを発散するための道具として私たちを扱った。そのために少しでも私が彼に否定的な感情を持ったならば、ベタベタと干渉して離れず、是正を図るのである。

つまり、何が描きたいのかと言えば、私の家庭は必ずしも作中のそれと似通っているわけではないが、「心の貧しさ」という観点においては、当たらずとも遠からず、個人の尊厳が奪われた「僕」の気持ちもわからないでもないということである。だから、この短編小説は、そういった私の家庭の〝貧乏〟を想起させるので、個人的には嫌いなのかもしれない。（O・Y）

《注》

※1　『日本の戦争Ⅲ　天皇と戦争責任』（山田朗、新日本出版社）に昭和天皇が実際に行った戦争指導・作戦指導の実例が示され、その戦争責任が究明されている。

また、安岡章太郎は井伏鱒二との対談の中で、次のように述べている。

「ある時、電車に乗っていると、電車の車掌が『ただ今、宮城前でございます。皆さん敬礼して下さい』って言うわけ。これはとってもかなったもんじゃないわけです。小田急でも、電車が参宮橋にかかると、明治神宮前だからお辞儀しろという。僕はお辞儀せずに知らん顔していたら、学生のくせに怪しからん、とひどく怒られましたね。満座の中で叱られて仕方がないからお辞儀しましたが、腹が立ったなァ。だって電車に乗っててお辞儀するなんて無意味なことでしょう。

だけどそれは誰かが言い出すと、みんな変だと思っててもそれに従わざるを得ない。この半狂乱の空気ね、そういうものに一人で対抗出来るというものがあるとすれば、それは文学だろう、と思いました。つまり、自分の文章というものがあると、その中で安住出来るというものがある。」

（一九八九年『新潮』）

※2

『遁走』（安岡章太郎）の中で次のように「加介」の兵役の体験が語られる。

・徴兵検査の時、「すると検査官は……『よし！　甲種合格』と宣言したのだ。……そのとき以来、加介は自分の体は自分のものではなく、組織の上に立つ者の意志でどうにでも書き変えられる記号なのだということを悟った。」

・「殴られるための正当な理由、そんなものはどこにもあるはずはない。けれども殴られた直後には、どうしたってその理由を考えずにはいられない。考えるという習慣がすこしでも残っている間は犬だって考える。ところが軍隊では『考える』などということで余計な精力を浪費させないためにも、殴って殴りぬく。」

※3

「戦争が最大の投機行為」であることに関連して、『戦争の時代と夏目漱石』（小森陽一、かもがわ出版）の中に次の二つのことが書かれていることを紹介しておく。

・『こころ』の「先生」が安定した利子生活ができたのは、日清戦争で三億テール（当時でだいたい五億円。その時代の一円はいまの一万円ほど）という莫大な賠償金を得て、明治三十年に金本位制になったからである。「先生」が持っていた公債も、日清戦争公債である。

・『それから』の中で平岡が代助に次のように話す場面がある。

「日清戦争の当時、大倉組に起った逸話を代助に吹聴（ふいちょう）した。その時、大倉組は広島で、軍隊用の食料品として、何百頭かの牛を陸軍に収める筈になっていた。それを毎日何頭かずつ、納めて置いては、夜になると、そっと偸（ぬす）みだして来た。そうして、知らぬ顔して、翌日（あくるひ）同じ牛を納めた。役人は毎日毎日同じ牛を何遍も買っていた。が仕舞に気が付いて、一遍受け取った牛には焼き印を押した。ところがそれを知らずに、又偸みだした。のみならず、それを平気に翌日連れて行ったので、とうとう露見してしまったそうである。」

大倉組が軍にたかってどれだけあくどいことをしていたか、という話だが、大倉組はいっさい処罰されず、日露戦争の時には、総合ロジスティックスとして軍事物資を仕切り、日本の軍需産業の総本山になる。さらに日露戦争後中国に本拠地を置いて、鉱山も開発し、満州事変の一番の仕掛人となっていく。

※『愛玩』本文テキストは、講談社文芸文庫『ガラスの靴　悪い仲間』（安岡章太郎）所収のものよりとった。

※　戦後にも「戦争」を引きずっている人物を描いた小説に井伏鱒二の『遙拝隊長』がある。
※『愛玩』の読み取りは、『安岡章太郎「愛玩」を読む／竹内常一』（『国語教材を読む2』風信社・所収の論文）に負うところが大きい。

天台宗中学時代、松江・普門院時代の中西悟堂

「日本野鳥の会」の創立者、中西悟堂が駒込学園の前身である天台宗中学で学んでいたことはご存じの方もあろうが、私が氏の『愛鳥自伝』を読んでいたところ、大正十一年、二十六歳の時に、私の郷里である島根県の松江の名刹普門院の住職をしていた箇所に出会い、これも何かの縁ではないかと思い、天台宗中学時代と普門院時代の中西悟堂を簡単に追ってみたいと考えた。

天台宗中学時代

『野鳥開眼』（中西悟堂著）の年譜によると、明治二十八年（一八九五）生まれの中西悟堂は、十歳の時に養父悟玄によって、秩父の観音院で百八日間結跏趺坐で座りきりの座行、二十一日間の滝壺の水行、続いて二十一日間の断食、で計百五十日間の荒行をやらされ、明治四十四年（一九一一）に天台宗深大寺に於いて得度し、翌明治四十五年・大正元年（一九一二）天台宗中学二学年に編入している。しかし、翌大正二年（一九一三）三月には同中学三学年を終了し、本郷駒込吉祥寺にあった曹洞宗栴檀林（現在の世田谷学園の前身）四学年に編入している。そうすると、中西悟堂が天台宗中学に通ったのは一年間だけということになる。

『愛鳥自伝』に次のようなくだりがある。

> そののち天台宗の学校にはいりました。学校は本郷駒込、今の千駄木です。上野桜木町の一画全部が天台宗の寮だったので、そこから谷中の天王寺の横を通り、団子坂を登って、大観音の隣が学校なんです。当時は団子坂に菊人形がありました。団子坂をあがると、よく森

鷗外さんが馬に乗って散歩しているのに会ったものです。

『愛鳥自伝』には、天台宗中学時代のエピソードがいくつか紹介されている。一つは「忘れえぬ師」として、二人の教師について触れている。一人は戦後、上野の科学博物館の館長となった中井猛之進博士である。氏が帝大を出て間もない若い理学士として植物を教えに来ていた。植物の試験で、顕花植物や被子植物などの形態上の名称を問う問題で、悟堂は一々文章で書くのが面倒だったので全部絵にして、それぞれの名を書き入れた答案を出したところ中井先生がひどく喜んで百点をとびこして百二十点をくれた。その後中井先生は悟堂に目をかけて、校舎の廊下を素足で歩いている悟堂を見とがめて当時の金で五十銭という大金をくれて、草履を買うように言った。しかし、悟堂は何人かの同級生を誘って、近くの焼芋屋へ行って、五十銭分みんな食ってしまった。数日後まだ裸足でいる悟堂を見た中井先生が、まだ草履を買わないのかと訊くと、悟堂は焼芋を買ってみんなで食べましたと白状をした。するとまた金をくれて、今度はちゃんと買って草履で歩くんだぞとさとされるが、悟堂はその金もみんなで焼芋を食うのに使ってしまった。それで、なぜ草履を買わないのかと叱られるが、悟堂は「先生が生徒の前で平気でお金をくれるから、そんな依怙贔屓（えこひいき）みたいに思われるような貰い方では、他の生徒に悪くてとても草履を買えない。」と答えると、今度は中井先生は自分で買ってきてくれた。こんなエピソードが紹介されている。

他に南日重治（なんにちじゅうじ）という英語の教師がいた。ウォルター・ペーターの『文藝復興』を訳した人で、Cultureという英語に「教養」という訳語を作り、これをCivilization「文明」という、語義の違う語彙とした人であるが、英語の時間に、ナウン、プロナウン、アジェクティーブなどと言いかけては、こんなことは言わんでもわかることだから、これから山の話をすると言って教科書を教卓に放り出して山の話に移る。この先生が後の田部重治で、秩父や日本アルプスの薬師岳などの開拓者として岳人間にあまねく知られた、日本山岳会の初期の登山家であり、後年悟堂とも山旅を共にしている。

悟堂は「ともかくいろいろな面白い先生がおり、一般の学校とちがって自由な空気が溢れていた。」と書いている。

また、悟堂は天台宗中学時代に、短歌に目が開かれている。

二年の暑中休暇の時でしたが、私と首席を争っていた君（青柳花明）というのが、短歌に凝っていて、祇園寺に休暇一杯来ておった。一ト月に短歌を百首作る決意をして、私の宅で毎日武蔵野を歩いては歌を作っていたので、僕にも教えろといって、五七五七七と音数をかぞえながら私もつくり出したが、一日に十首でも二十首でもできる。たちまち彼の念願の百首を突破して、どんどんできる。

そのころ悟堂が作った短歌、

円くして赤き夕陽竹藪のかなたにあれば手にも取りがたし
空を見れど空にこゑなし竹を見れど竹にこゑなし月さしのぼり
野狐のたえだえ鳴けるひまにして竹より雪の地に落つる音
わけ入りし竹の林の日のいろは竹の葉よりもあはれなるかな

（悟堂の父は日清戦争で負傷し、悟堂が一歳の時に亡くなった。母親はその時、実家に戻され、以後消息不明となっている。それで、悟堂は実父の長兄悟玄の養子となる。養母ともうまくいかず、二度ほど自殺をはかった。悟堂にはまだ見ぬ母に対する狂おしいほどの思慕の思いがある。養父に母の行方をたずねると、竹藪のかなたに沈む日没を指さして「母さんはあそこだよ」としかいわなかった。悟堂は夕日が沈む時刻になると、母がいるという日没を追った。そのころの短歌にはそんな思いが詠まれている。）

このころ、詩や小説などの文学や哲学にもふれ始め、悟堂の若き日の精神形成に重要な位置を占めている。

最後に、悟堂が天台宗中学の学風を「貴族的で伸び伸びとした自由な雰囲気」（『愛鳥自伝』）と書いてあることを付け加えて、この章を終わりたい。

松江・普門院時代

今年（二〇〇〇年）四月三日、松江城の桜がもう少しで咲こうといううららかな春の日であったが、私は松江市北田町にある普門院を訪れた。普門院は天台宗の名刹で、開基は松江初代藩主、堀尾吉晴公である。松江七代藩主松平治郷（はるさと）不昧（ふまい）公は茶を愛し、各所に茶室を作っているが、この普門院にも観月庵という茶室を建てて、自らも堀川を舟でやって来て、観月庵で茶事を催したといわれている。したがって、石川淳が『小林如泥（じょでい）』の中で「松江市のひとは日常よく茶をたしなむ。どこの家をたづねても、座敷にあがると、とたんに薄茶が出る。」と書いた松江では、普門院は三斎流茶室観月庵があるお寺として知られている。明治二十三年（一八九〇）に松江中学に赴任した小泉八雲（ラフカディオ・ハーン）も、松江城北側の自邸から堀川を舟で観月庵に茶道を学びに通ったということである。そして、小泉八雲といえば、「知られぬ日本の面影」の中に出てくる怪談で、小豆磨ぎ橋というのが出てくるが、それがこの普門院の前に掛かっている普門院橋だといわれている。

さて、普門院を訪れた私は、ご住職の谷村常昭和尚に笑顔で迎えていただき、観月庵のある庭に面した庫裡（くり）で、ご夫人にたてていただいた薄茶を味わいながら、中西悟堂の話をうかがった。

谷村常昭和尚は昭和四十二年に比叡山延暦寺で行われた法華大会（ほっけだいえ）の夜儀（やぎ）に中西悟堂と同席なさったということである。谷村常昭和尚は、中西悟堂から寄せられた昭和五十七年（中西悟堂は昭和五十九年十二月十一日に亡くなっているので、その前々年の八十七歳の時である）七月二十七日付の「普門院前後」と題した書簡をすべて読み上げて下さった。その書簡の最初の部分をここに引用させていただく。

普門院の門に立つ　谷村常昭和尚

観月庵

堀川にかかる普門院橋

大正八年十一月八日、山陰地方の旅に出たついでに、恰度この年の秋、天台宗の中学時代に同窓（私の方が一年上級）として、東京上野山の寄宿舎で同室にくらしたこともあった親友の山村光敏が、島根県能義郡宇賀荘村（現在は安来市）の清水寺の住職となったので立ち寄り、そのまま清水寺の客分としてしばらく滞在した。俺、貴様の仲だったので、山村光敏も私をうってつけの話し相手としたし、私も居心地がよいままに、同じ同窓のいた県内の鰐淵寺を山村と共に訪ねたりして何の遠慮もなくくらし、寺中二十人ほどの誰彼とも親しみながら、トルストイの『戦争と平和』やドフトエフスキーの『カラマーゾフの兄弟』などを読み耽っていた。たまたま程近い同村内の九重の長楽寺が長く無住であったため寺務も曖昧になっていたことから、しばらくでもよいのだが、住職となって経営管理をしてくれまいかとの山村の相談をうけたのは、彼が清水寺就任後日が浅く、なまじ本寺としてへたに手をつけると地元の反動もありがちだから、地元に無縁の私に整理をしてもらいたかったのである。大分清水寺に厄介にもなっていたので、これを引き受けて本山比叡山の認可と共に長楽寺住職となったのは大正十年二月であった。幸い程もなく長楽寺の機構も整い、山村も喜んでくれたが、この間、東京から詩人の金子光晴に連れられて国木田独歩の一子、国木田虎雄が来り、一週間ほど滞留してしきりに詩稿をまとめていたが、これが後に新潮社から出版された国木田の詩集『鷗』であった。

然るに、松江市の北田町普門院がやはり無住の寺で、山村としてはこれも何とかせねばならぬところから、長楽寺の方は次の住職が出来るまでは清水寺が直接監理することにして、私に普門院へ転住してほしいという。私はその頃すでに作家の道を選んでいて、長編小説にも手を染めていたのだが、松江市は小泉八雲が住んでいたところだし、穴道湖（しんじこ）の風光にも惹かれていたので心が動いた。一つには山村光敏が私を何としてでも出雲にとどめたかったのだが、その山村の話では檀家はなく、信徒惣代の長老も早く住職をつけてほしいと山村に談じていたそうで、檀家がないなら尚幸いと、これも承諾して快く普門院へ移ったのは、大正十一年二月であった。檀家がないから収入もなく、僅かな所領の田地から六俵の米がとれるのを、信徒惣代が世話をしてくれるだけなので、その惣代さんの紹介で松陽新聞社編集部の記者となり、初めは簸（ひ）の川上の奇勝「鬼の舌震い」に出張させられて一文を紙上に書き、次が朝鮮半島への出張であった。当時の主筆は、もと東京の「やまと新聞」の松井として天下に知られた松井柏軒氏で、明治・大正名残りの、筒型三つ重ねのお弁当を風呂敷にくるんだり編袋（あみぶくろ）に入れて下げたりして午前十時頃に出社し、編集部員全員に軽く挨拶して主筆の席へ行く肥った姿が重厚だった。

一方私は普門院にあっては詩集『東京市』の大冊を東京から出版するほか、詩誌『極光』を恩地孝四郎の近代的な装幀で出し、野口米次郎、萩原朔太郎、尾崎喜八、多田不二、佐藤惣之助、辻潤、恩地孝四郎、画家宮崎丈二、前田鐵之助などを同人として、東京の詩壇に一地位を占めるものとしていた。そして、この詩誌発行の資金は東京の新聞・雑誌に書く原稿料でまかなっていた。こんなことから佐藤惣之助も琉球行の帰りに寄り、風来のダダイスト辻潤なども相次いで来たが、辻潤は一ヶ月も滞在して、普門院の名で酒舗を飲みあるき、松井柏軒氏も恰度辻のいる時、来合わせたこともあった。

さて、悟堂がなぜ山陰の旅に出るようになったのかであるが、『愛鳥自伝』、『野鳥開眼』によると、大正八年に義妹順子が自殺をする。それから三ヶ月後の八月に孤児の悟堂を守ってきた祖母が死ぬ。その年の十一月、悟堂二十三歳の時に大学ノート一冊を懐に放浪の旅に出る。ということであるから、二人の死が悟堂を旅立たせたと考えてもいいだろう。最初、かつて修行僧で過ごした四国へ、それから山陰に向かい、鳥取の三朝（みささ）温泉に寄ったとき、たまたま山村光敏に出会うのである。悟堂が普門院の住職となるのは大正十一年二月、二十六歳の時である。

書簡の文章にあるように、松江時代の中西悟堂は文学的に充実していた時代で、『出雲石見地方詩史五十年』（田村のり子）によると、悟堂をしたって県下各地から文学青年、詩人が続々と普門院に押しかけたという。松陽（しょうよう）新報で詩欄を設けて詩を募集したが、その選者となっている。東京から悟堂を訪ねて、佐藤惣之助や、伊藤野枝の元夫であり、原民喜に影響を与えたダダイスト辻潤もやってきているが、中でも辻潤はかなり長く滞在し、辻が松江を去った後、松江市内の飲み屋から、かなりのツケが普門院に届けられたのは、辻が飲み歩いた先々で「普門院だよ」といって帰るものだから、飲み屋ではそれを信用して貸したのであった。辻潤を悟堂とばかり思いこんでいた松江の人は「あれでよく新聞社がつとまるものだ」と呆れたということである。しかし、一度好きになった人をとことんまで好きになるという悟堂は、そのことで辻を恨んだり文句を言ったりすることはなかった。

また、処女詩集『東京市』を発行し、萩原朔太郎、尾崎喜八らに評価されている。そして、詩誌『極光』を発行し、萩原朔太郎、野口米次郎などが同人となる。発行は東京であるが、編集は悟堂が普門院で行った。この時代に悟堂は山陰の雰囲気を反映した詩をたくさん書いている。しかし、それは残っていない。「私は普門院在院当時、山陰の雰囲気を背景として、殊に松江の空気を中心として、凡そ五百篇の詩を書いている。そしてそれを纏（まと）めて東京から出版する筈で書肆（しょし）アルスに預けて置いたが、不幸関東大震災の際、その全稿を灰燼（かいじん）にしてしまったことは遺憾この上もない災厄であった。」（『松江詩人　第拾輯』）松江の空気を伝える詩が灰燼になったことはまことに残念である。

さて、悟堂は松陽新報の記者となるのであるが、悟堂の書いた記事はないかと、島根県立図書館の郷土資料室に問い合わせてみたところ、大正十一、十二年の二年間については数日分しか残っていないということであった。その中に大正十二年九月十四日から始まる連載「北鮮視察紀行」（悟堂生）があった（これも連載はすべては残っていない）。この連載紀行文のまわりには、この年の九月一日に起きた関東大震災の義捐金の記事が載っている。そして、この関東大震災によって悟堂は松江を離れるのである。悟堂は松陽新報の記者として朝鮮視察に派遣されている。

八月二十八日に境港を出帆した船は、朝鮮半島を北上し、清津港（チョンジン）につく。そこから汽車で会寧府（かいねいふ）へ向かう車中で、朝鮮の復辟（ふくへき）を叫ぶ朝鮮の中学生の一団を目にする。日本の統治に激昂する報復の声は悟堂の胸を抉（えぐ）る。

北鮮観察紀行（一）

航程千餘哩

日本海を横断して

朝鮮東海岸各地を北進

悟堂生

松陽新報（大正12年9月14日㈮）より

その時の歌、

日本人われを意識して言ふ言葉朝鮮語英語露語と変えゆく
統治とふ名も征服と置き換えて胸抉りくる学生らの激語
学生の激語聞きゐてそそけだつ大き違和感のすべもなかりき

その後悟堂はシベリアまで行きたいと思い、ウラジオストック港まで行く。しかし、ウラジオストック港に着いたときに悟堂を待っていたのは、関東大震災の報であった。おどろいて取るものも取りあえず清津港へ引き返す。ここでの大震災の噂はひどくて、関八州はことごとく水没して、わずかに日光連山、秩父連峰その他の山々が水上に浮かんでいるだけだという。また釜山に出る汽車の中で在日朝鮮人たちが東京市中の井戸に毒物を投げ込んでいるという流言蜚語（ひご）を耳にする。いったん普門院に帰った悟堂は、普門院のことは清水寺の山村光敏に後を頼み、親族知己の安否をたずねるために、トランクには三千枚の長編原稿だけを入れて東京に向かった。大正十二年の九月末のことで、それが悟堂の松江時代の終わりでもあった。

おわりに

中西悟堂の松江時代は氏の文学創作において充実した時代だったといえる。その後、東京での文学活動、木食生活などを経て、昭和九年（一九三四）に「日本野鳥の会」を創立する。その年にわが国初の「探鳥会」を富士山麓で行う。その時の写真を見ると、北原白秋、柳田國男、金田一京助、春彦父子などが写っている。悟堂については、それからが有名である。しかし、「野鳥の会」の活動の元になる、中西悟堂の裾野は実に広い。氏の精神形成において、養父の自由民権運動、曹洞宗学林（現在の世田谷学園）時代の都下中学聯合演説会のことや軍事教練の拒否、品川のお爺との出会い、失明、絵画に憑かれた日々、四国愛媛の瑞應（ずいおう）寺時代に見た別子銅山の悲惨な現実、などその一つひとつを追えばきりがないが、いずれも重要である。この稿では、その中で天台宗中学時代と、松江時代を中心に素描を試みた。

二〇〇二年から「総合」の時間が設置される。そこでは、現代的な課題を生徒と教師が共に追求し、学び合う関係、生き方と結びつけて社会参加に開かれていくことが求められているという。中西悟堂の自然保護の運動の先駆的な意味や、科学と思想を結びつけた生き方などを考えるとき、教えられることが多いように思う。終わりに、多忙な中を時間を割いて貴重なお話と資料をいただいた普門院の住職、谷村常昭和尚、資料探索に尽力していただいた島根県立図書館郷土資料室の寺本和子さんに感謝の意を表したい。

《参考文献、資料》

・『愛鳥自伝』中西悟堂（平凡社ライブラリー　一九九三年）
・『野鳥開眼――真実の鞭』中西悟堂（永田書房　一九九三年）
・『かみなりさま――わが半生記』中西悟堂（永田書房　一九八〇年）
・「不昧公ゆかりの茶室、観月庵」（普門院発行のパンフレット）
・『島根県大百科事典』の中西悟堂の項（長野忠）、山陰中央新報社
・「『噴水の掌』を讀む」中西悟堂『松江詩人第拾輯』松江詩話曾篇・発行（昭和二年二月五日発行）
・『出雲石見地方詩史五十年』田村のり子（島根詩史刊行会　一九七二年　木犀書房）
・「松江時代の詩人、中西悟堂」樋口喜徳（島根新聞　昭和四十四年九月十二、十四、十五日の連載）
・「北朝鮮視察紀行㈠」中西悟堂（松陽新報　大正十二年九月十四日付）

『もののけ姫』と鑪(たたら)製鉄

――「総合学習」の課題設定についての試案――

「何人ものタタラ師がここを狙ってよ。みんなやられちまったんだ。
俺たちの稼業は山を削るし木を切るからな。山の主が怒ってたな。」

――『もののけ姫』(宮崎駿)

はじめに

二〇〇二年度から中学で、二〇〇三年度から高校で新学習指導要領による「総合」の時間が設定される。このことについて、教育界、学校現場において、その問題点や可能性を含め様々に議論がなされている。私は、これまで学校現場で実践され、蓄積されてきた「総合学習」の成果を引き継ぎ、発展させる立場で「総合」の時間について取り組んでいきたいと思っている。私はここで「総合学習」の意義について全面的に展開していくつもりはない。「総合学習」が「課題（主題）」を中心にして学習していくものであるならば、ここに一つの「課題」を試案として出し、みなさんの批判を請いたいと思う。

西本勝美は『未来をひらく総合学習』の中の「私たちの考える総合学習」で、ユニセフの『開発のための教育』や和光小学校の行田稔彦の見解を引用しながら、「現代社会においては、子どもたちにとって身近で切実な問題が、突き詰めるといずれも地球的・人類的な課題に通じる」とし、「私たちの考える『総合学習』は、『地球的・人類的課題に挑戦する教育』である」と述べている。さらに、「『総合学習』は、教師と子どもたちがともに『課題を担う主体』として『学び合う』関係を要請する」とも述べている。さて、私がここに提案する「『もののけ姫』と鑪製鉄」

はそのような学習テーマとなりうるのだろうか。私は、現代に生きる人間と自然との関係を根原的に問う素材を提供できるものではないか、と考えている。

一、『もののけ姫』(宮崎駿)について

一九九七年の夏に公開された宮崎駿の『もののけ姫』は大ヒットした。元高校教師で映画評論家の吉村英夫によると(『高校生諸君！　映画を見なさい』)、「一九九八年三月には配給収入が一〇九億円を超え、これまでの『ET』の九六億円という日本映画興行史上の記録を大きく抜いた。」ということであり、「国民の一〇人に一人が映画館に『もののけ姫』を見に行くという前代未聞の事態となった。」ということであるから、本当に大ヒットしたのである。我が子も映画館に足を運んだだけでなく、ビデオで何度も見ている。いったいどうしてこんなにも『もののけ姫』は子どもたちの心を、いや子どもたちだけでなく老若男女の差なく人々の心を捉えたのであろうか。

吉村は最初『もののけ姫』を見たとき、次の三つの理由でヒットしないだろうと直感した、という。一つは、他の宮崎アニメでは主人公がここぞというところで「飛ぶ」のに、『もののけ姫』ではアシタカもサンもエボシ御前も飛ばない。二つめに善悪の区別がない。そして三つめに

説明がなくて難解であるから、という理由である。しかし、この三つの要因こそが、大ヒットに繋がったともいう。すなわち、「飛ぶ」ことは「感情の解放」であるが現実にはありえないことで、飛ばないことでよりリアルになったということである。また、善悪などは現実世界では区別がつかないのが普通である。『もののけ姫』で考えると、普通「森を守る」こと、自然環境を大事にすることは「善」であるが、しかしエボシ御前の集団は「森を破壊する」ことで多くの人々の生活と生命を守っている。このことを「悪」と単純にいえるのだろうか。これもまた「善」ではないか。自然と人間との共生をどうはかるのか、が地球規模の課題になっている。そのことを、説明がなくても今の子どもたちは身体で感じとったのではないか、というのである。

私も『もののけ姫』を観て、深く心を動かされた。それは一つにはエボシ御前が率いるタタラ場に生きる人々の活き活きとした姿にであり、もう一つは人が生きていくことが必然的に自然を壊していくという「業」のようなものを背負って生きていかねばならない、ということについて考えさせられたことである。宮崎駿は映画のパンフの中で、「この作品が舞台とする室町期は混乱と流動が日常の世界であった。南北朝からつづく下克上、バサラの気風、悪党横行、新しい芸術の混沌の中から、今日の日本が形成されていく時代」であり、「この作品には、時代劇で通常登場する武士、領主、農民はほとんど顔を出さない。姿を見せても脇の脇である。主要な主人公達は、歴史の表舞台に姿を見せない人々や荒ぶる山の神々である。タタラ者と呼ばれた製鉄集団の、技術者、労務者、鍛冶、砂鉄採り、炭焼、馬借、あるいは牛飼いの運送人達。」である、といっている。このような人々が活き活きと描かれていることに心動かされたのである。

さらに、自然と人間との関係でいえば、一言で「共生」といってすませられない、簡単には解決できない、深刻で重たい矛盾について深く考えさせられたのである。宮崎駿は同じパンフのインタビューの中で、「人間が普通につつましく暮らしている分には自然と共存できて、ちょっと欲張るからだめになるということではなくて、つつましく暮らしている事自体が自然を破壊しているんだっていう認識にたつと、どうしていいかわからなくなる。どうしていいかわからないところに一回行って、そこから考えないと環境問題とか自然の問題はだめなんじゃないかって思うんです。」といっている。そして、『アシタカは好きだ。でも人間は許すことができない。』というサンのセリフについて、「解決がつかないままアシタカに刺さったトゲですね。」アシタカは、「サンというトゲが刺さったまま生きていこうと決めている二一世紀人だと僕は思っているんですけどね。」といっている。私は「トゲ」が刺さったまま生きていくことの意味、「それでもイイ、共に生きよう」というアシタカのセリフの意味について、子どもたちと共に考えていけるのではないかと思う。

さて、ここで『もののけ姫』の中に登場するタタラ場（製鉄場）についてみてみよう。歴史学者の網野善彦は『歴史と出会う』の中の「映画『もののけ姫』評」の中で、この映画のタタラ場を人為的なアジール（世俗の世界から縁の切れた聖域、自由で平和な領域）だとして、そこに生きる人々について次のように書いている。

「あのタタラ場には世俗の世界で賤しめられ、疎外・抑圧された人たちが集まり、自由、活発に生きているからです。女性たちや牛飼いをはじめ、覆面をして鉄砲を作っている人たち（私の理解するところでは『非人』、この映画の舞台設定である室町時代には、穢れをキヨめる力を持つ人たちと言われていた）が活き活きと動いている。しかもその場を作ったのは遊女のごとき女性だったわけで、ここは世俗と縁の切れた自由で聖なる世界、小さな都市として設定されています。この覆面の人たちは当時の社会から『業』を背負っており、『穢れ』『悪』と関わりのある人々ととらえられはじめているのですが、宮崎さんはそうした人たちと僧侶の姿をし鉄砲を持つ『悪党』ともいうべき集団（映画では石火矢衆）を結びつけ、『穢れ』『悪』がむしろプラスの強い力として描かれている。」

　このタタラ場には、包帯で体中を覆った病者が登場するが、それはハンセン病の人々だと思われる。また、覆面の石火矢衆が着ている着物は柿色をしているが、この「柿色の衣」に関して、網野善彦が『異形の王権』の中の「蓑笠（みのかさ）と柿帷（かきかたびら）」という論文で次のように言及している。

「明応五年（一四九六）、美濃から近江に進入した斎藤妙純の軍勢に決定的打撃を与えたこの馬借一揆が、全員柿色の帷を着用して戦ったことは疑いないがそれは馬借の日常の服装ではなく、おそらく馬借たちはこの服装を非人のそれと意識していたのではなかろうか。」

「私は、柿帷を着た馬借たちはまさしく自ら非人の姿をすることによって、斎藤の進入軍とあくまで戦う不退転の決意を固めていたのではないかと推測する。」
「壇ノ浦で敗れ、捕虜となった平氏の人々が京都に入ってきたとき、その行列を見る群衆の中に『鳥羽ノ里ノ北、造道南ノ末ニ溝ヲ隔、白帯ニテ頭ヲカラケ、柿ノキモノニ中ユヒテ、朽杖ナト突テ、十余人別ニ並居タリ、乞食ノ癩人法師共ナリ』と『源平盛衰記』は記し」「『一遍上人絵詞伝』の一本には、柿色の衣を着た非人の一群が描かれているのである。」

このような証拠を挙げながら、柿帷が「異類異形」の衣装であったと述べている。さらに、このタタラ場を統括しているエボシ御前は、白拍子（平安朝の末に始まった歌舞をする遊女）の姿をしていることを、網野は『歴史と出会う』の中の宮崎駿との対談で指摘している。そして、タタラ踏みをするのは女達で、そこにはかつて金で買われ虐げられた者も多くいたであろう。このように見てくると、エボシ御前が率いるタタラ場は「世俗の世界で賤しめられ、疎外・抑圧された人たちが集まり、自由、活発に生きている」アジール、「無縁」の場ということができよう。

ところで、網野善彦のいう「アジール」とは何か、を氏の『無縁・公界・楽』からみてみよう。網野はこの本で、江戸時代の縁切寺や戦国時代の駆込寺、無縁所、公界寺などを例に挙げて、「無縁・公・楽」という言葉の「アジール」的な性格を明らかにしている。そして、戦国時代に「無縁」「公界」「楽」という言葉でその性格を規定された場や集団の特徴を次の八点にまとめている。①不入権、②地子・諸役免除、③自由通行権の保証、④平和領域、「平和」な集団、

⑤私的隷属からの「解放」、⑥貸借関係の消滅、⑦連座制の否定、⑧老若の組織（その中では平等原理が貫かれる）。「俗権力も介入できず、諸役は免除、自由な通行が保証され、私的な隷属や賃借関係から自由、世俗の争い・戦争に関わりなく平和で、相互に平等な場、あるいは集団」ということになれば、これはまさしく「理想郷」である。むろんこのような理想郷がそのまま存在したわけではないが、そのような場を人々が作ろうとした事実に網野は注目している。

ここでもう一度『もののけ姫』にもどるが、網野は映画評の中で、シシ神の森を自然そのもののアジール、エボシ御前の率いるタタラ場を人為的なアジールと捉え、その両者が衝突し、それぞれに傷を負い破綻する物語であり、しかしなおそれを越えるものがありうるということを宮崎駿はいいたかったのではないかと、述べている。わたしたちは、『もののけ姫』から森とタタラ場という二つのアジールのぶつかりの中から、人間と自然との関係について深く考えさせられる。いや、それだけではない。少年アシタカは、「ヤマト」（日本国）の侵略に抵抗する戦いに敗れ、北の果てに隠れ住む「エミシ」（蝦夷）一族の長になるべく設定されているが、それはこの二つのアジールのぶつかりは「ヤマト」（日本国）ではなく、ヤマトに追いやられたエミシにその調停役を担ってもらわなくては解決できない、ということになる。『もののけ姫』は日本国のなりたちと将来についても、考えさせてくれるのである。このように考えると、『もののけ姫』は豊かな教材となりうると思う。

さて、『もののけ姫』に登場するタタラ場とはどのようなものなのか、島根県飯石郡吉田村の菅谷鑪を例にみてみよう。

二、鑪（たたら）製鉄

昨年（二〇〇〇年）の夏、私は郷里に帰省した折、大学時代の友人中田眞治君に案内を請うて、八月五日、飯石郡吉田村の菅谷鑪を訪れた。中田君は現在故郷大田市の中学校で社会科の教員をしており、石見大森銀山の民族学的調査をしている。案内役としては適任である。中田君と「鉄の歴史博物館」の前で落ち合い、博物館を見学した後に、「山内（さんない）生活伝承館」の雨川輝男氏に案内してもらい、菅谷鑪（たたら）の山内や高殿を見学した。かつての永代鑪の高殿が残っているのは、日本ではここだけである。伝承館に『もののけ姫』のスタッフの写真が飾られていたので、取材に訪れていることがわかる。以下に、雨川氏のお話と中田君に紹介してもらった資料、『菅谷鑪』（島根県教育委員会が昭和四十二年に調査した報告書）と『鑪と刳舟』（石塚尊俊）をもとに鑪製鉄の概略を述べてみる。

まず、タタラということばについてであるが、今では、砂鉄を熔解して鋼（はがね）や銑（ずく）をつくる施設全体を意味することばになっているが、古くはその施設で用いる鞴（ふいご）（踏んで風を起こすふいご）を意味することばであったらしい。このことばが文献上初めて見えるのは、『日本書紀』で、これには「嶋蹈鞴五十鈴姫」という神の名に「蹈鞴、此をば多多羅と云ふ」とある。つまり、最初タタラということばはもっぱら踏んで風を起こす送風装置の名であったのである それが、鎌倉初期の『色葉字類抄』になると、「鑪」と書いてタタラと読ませており、金属を溶かす炉の意味に使っている。以後はこの用字が多く、特に近世ではタタラ文書には「鑪」が使われていて、略して「鈩」とも書くようになっている。近世においては「鑪」は製鉄所の意味で使われている、最初は、自然の風を利用した簡易な「野鑪」と呼ばれる移動性の強いもの（タタラ師は採鉄の適地を求めて各地を渡り歩く漂泊の民であった）から、次第に高炉を築き、固定した永代鑪に変わってくる（このときにはタタラ師は定住するようになる）。

菅谷鑪の高殿

さて、日本で古米行われている鑪製鉄はもっぱら砂鉄を利用したものであり、巌鉄の採収を始めるのはやっと幕末になってからである。砂鉄は花崗岩質の山肌のよく風化した所に多いとされているが、その条件に適合したのが中国山地である。というわけで、中国山地は鑪製鉄の中心地となっていく。

では、鑪製鉄とはどのような行程で鉄を作っていくのであろうか。

「まず採鉱すなわち砂鉄採取のことからいうと、由来、この中国山地では、砂鉄のことをコガネ（小鉄あるいは粉鉄）といい、山から直接掘り出すものを山小鉄、それが川に流れて溜まっているのを川小鉄、さらにくだって海辺に打ち上げられている浜小鉄といった。またこれを成分に分けると、大きく真砂と赤目との二種になり、前者は磁鉄鉱分を主とし、見た目にも黒く、後者は赤鉄鉱分を主とし、見た目にも赤いが、タタラで前者を主として用いると、鉧といわれる炭素量の一定しない鋼鉄ができ、後者を主としてするときには、そのほとんどが銑になる　そこで前者によるものを鉧押し法といい、後者によるものを銑押し法といって、この両者のあいだには、炉の築き方にも、所要時間にも違いがある。」（『鑪と刳舟』）

山小鉄を掘り出す所を鉄穴というが、穴と書いても穴ではなく、山の崖を切り崩すというものであった。砂鉄分を多く含んだ山の崖を下から切り崩し、その土砂を崖の下に引いた流水に落とし、それを井手・大池・中池・乙池と呼ぶ板囲いの溝に順に誘い入れて下へ流し、最後に桶と呼ぶ板囲いの溝に入れて土砂分を流し、砂鉄を沈殿させてそれをすくい上げるという方法である。これだけの仕事をするのに大体三日を要する。この鉄穴流しで砂鉄を採取する者を鉄穴師といい、それは近世以降は付近の農民であった。農民の農閑期の季節労働によってまかなわれていた。

こうして得た小鉄を熔解すること、またその機構をタタラといったのである。さてこの鑪製鉄

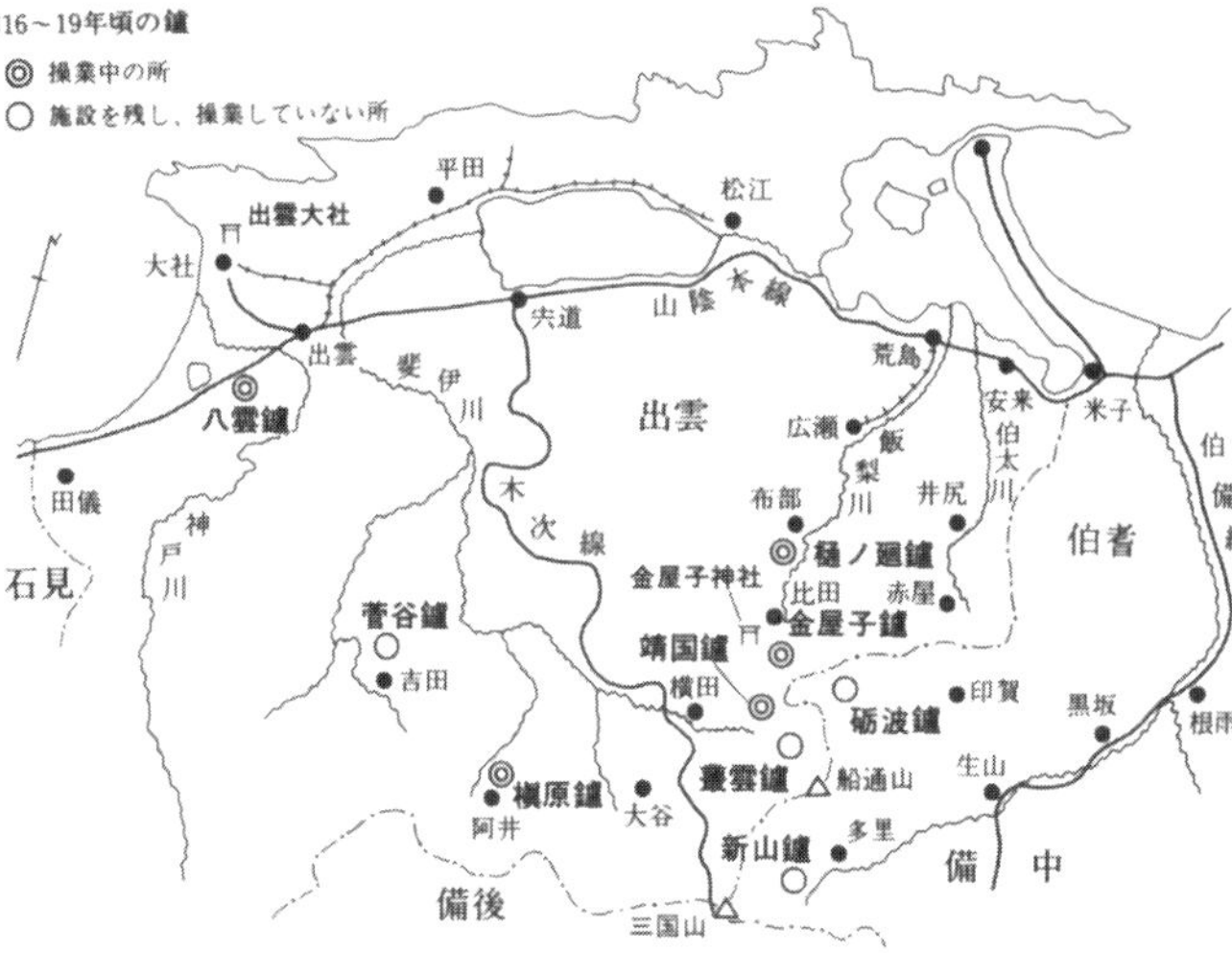

昭和 16 ～ 19 年頃の鑪場（『鑪と刳舟』より）

の作業はなまやさしいものではない。明治になって西欧から近代製鉄法が輸入されてからは鑪製鉄の火は大部分が消えていく。その後満州事変以降日本刀の需要がたかまり、良質の鋼を得るためわずかに鑪が再燃したが、昭和十年代には出雲地方を最後に消えてしまう。したがってその技術を伝えるタタラ師（その技術長ともいうべき人を村下（むらげ）という）もほとんど残っていない。そこで、この重要な文化遺産を将来に伝えようと、「たたら製鉄法復元計画」が日本鉄鋼協会によってすすめられ、昭和四十二年に「たたら製鉄法復元計画委員会」が設置された。そして昭和四十四年に、堀江要四郎氏などその時現存していた村下たちに参加してもらい、かつての鑪製鉄が復元した。その時の記録が、岩波映画製作所によって映像にされ、その脚本、演出を担当した山内登貴夫によって『和鋼風土記』にまとめられている。この『和鋼風土記』と『鑪と刳舟』、『菅谷鑪』をもとにタタラ製鉄の工程を簡単に述べてみよう。

①炉の基礎づくり

鑪の作業は釜すなわち土炉を築くところから始まるのであるが、その炉の下の構造は湿気を抜くために、実にしっかりとした基礎工事がなされているのである。図（九四頁）のように深さ十二尺の所に排水溝を設置し、そのまわりは真砂土で埋め、その上に坊主石、笠石、砂利と敷いて最後に真砂土を撒いて叩きしめる。そしてその上に炭と薪を敷いて燃やしてこの基礎部分を乾燥させる。

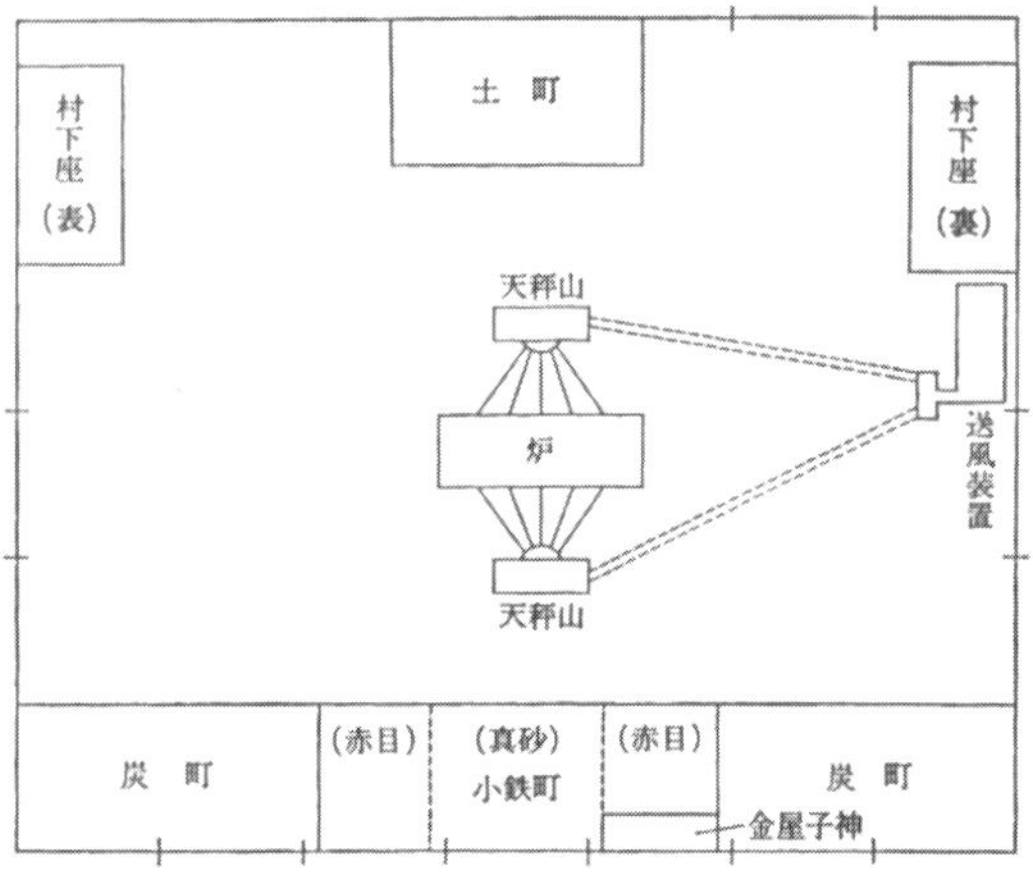

鑪の内部（『和鋼風土記』より）

②大舟、小舟（炉の本床）づくり

炉床となる築造部分を大舟といい、その大舟の両脇にあって防湿保熱の役をする空気溝を小舟と称した。いずれも炉を築く段階では、地中にかくれて見えなくなるが、大舟は、仕上げ寸前で木炭灰と薪灰を埋めて、その上に炉をたてる。小舟は、最終的には炭化した薪をつめた溝に作り上げられるが、途中までは高殿内の地盤の乾燥炉として活躍する。小舟の中の薪を燃やして周囲の土を焼き固める。これで、高殿の地盤を乾燥させるための設備ができあがるが、周囲の土を小舟の屋根にのせて乾かす作業をつづけ、全体を完全に乾燥させるのに二ヶ月はかかる。小舟の火を絶やさないことが必要で、築炉の前段階までに用いられる燃料は膨大な量で、昔から鑪を打つ者は、そのための費用の大半を炉床の基礎づくりの燃料費や人件費に投じなければならなかった。

③床焼き

本床ができ、両側の小舟焼きもすむと、続いて床焼きにかかる。大舟にぎっしりと炭を立ててつめていく(「炭立て」という)。その炭の量は百俵を超える。そしてこの炭に火をつける。火をつけるのは夜中、それが翌朝五時頃には完全な熾(おき)になっている。それを上から十三尺くらいの長い柄のついた掛矢(大型の木槌)で叩く。

これを床焼きという。叩く者を灰師という。床焼きがすむとその上に灰で層をつくる。これを灰すらしという。そしてその上に楢の薪を積み燃やす。それが熾になったところでまた上から掛矢で叩く。それを何度か繰り返す。大変な重労働である。これでやっと炉を築く基礎ができるわけであるが、そのための薪の消費量が膨大である。この復元工事だけでも四トントラック四十台分を灰にしたというのである。

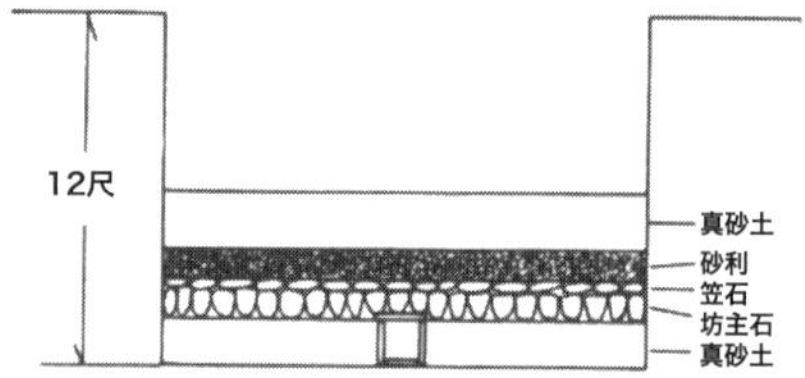

① 基礎づくり（排水溝）

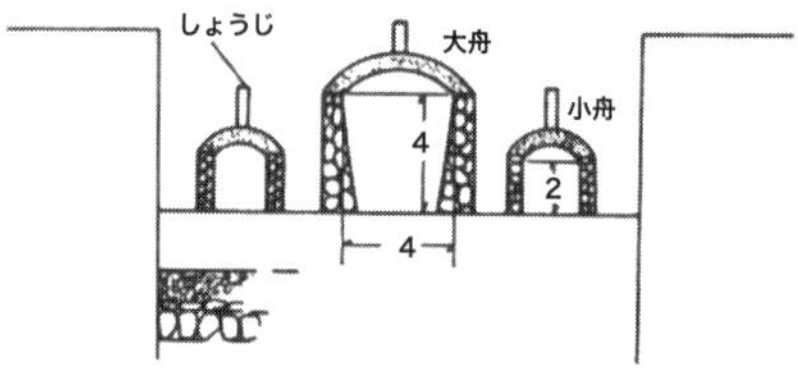

② 大舟小舟釣り

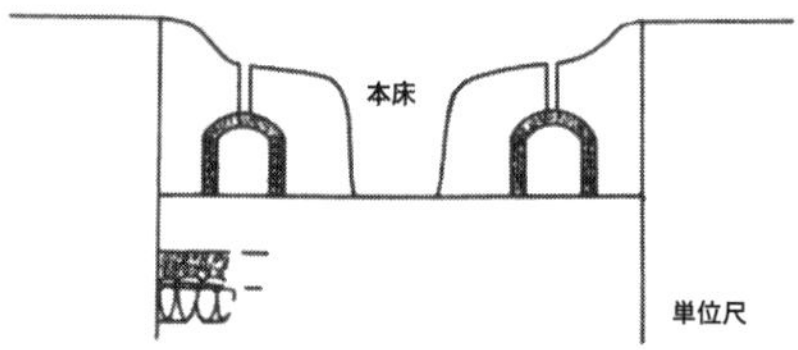

③ 本床釣り

炉底築造図①〜③（『菅谷鑪』より）

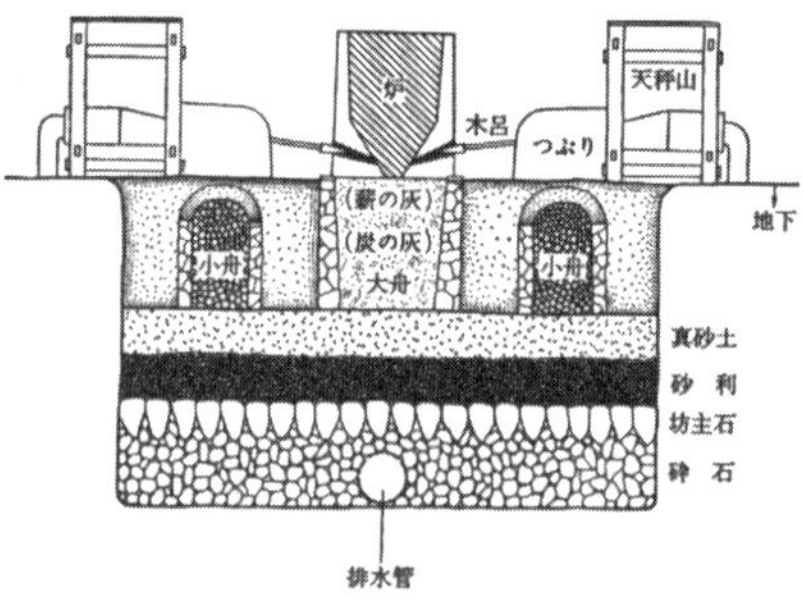

本床と送風装置の断面図（『和鋼風土記』より）

④釜つき（炉を築く）

鑪の操業は一回一回釜すなわち土炉を築きなおして行う。まず薪灰の上に藁炭を置き、その上に筋金を置く。そこに真砂土と赤粘土を混ぜたものを煉瓦大の土の塊にする。それを積み上げて炉を築くわけだが、鉧（けら）押し法と銑（ずく）押し法では炉のつき方も違う。また風を炉に入れるホド穴も開けておく。

菅谷鑪の炉

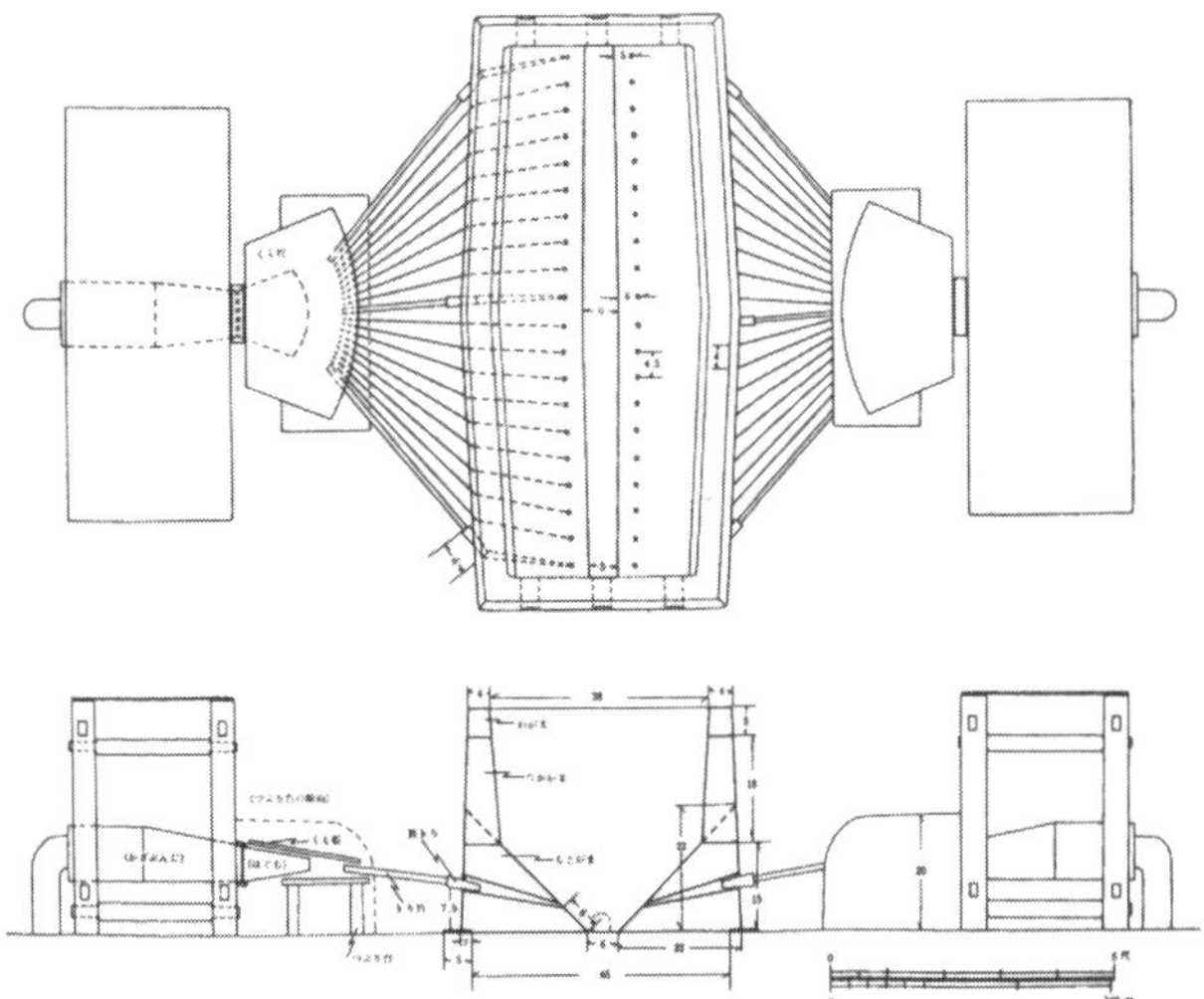

土炉図（『菅谷鑪』より）

和鋼博物館にある天秤鞴
（踏んでいるのは中田眞治君）

踏み鞴（『日本山海名物絵』より）
「たたら」冊子より転載

⑤風配り

鑪を吹くには送風装置が必要である。つまり鞴（ふいご）である。この鞴が古くは踏みふいごであったわけだが、それが近世に天秤ふいごになり、さらに明治以後は水車による送風装置に変わっていく。

⑥鑪の操業

これでやっと操業をする準備が整ったわけである。最初に火を入れるとき村下は黒装束であり、被りものも黒であまった部分で頰かむりをする（『もののけ姫』のタタラ者も黒装束であった）。これは熱を遮断するためである。操業は、鉧（けら）押し法では三昼夜、銑（ずく）押し法では四昼夜をもって一区切りとするが、この一区切りを一代（ひとよ）という。この一代の間、炉のまわりには村下一人、その補佐役ともいうべき炭坂（すみさか）一人、炉へ炭を入れる炭焚き一人、小廻り二人がいて作業する。そのほかに天秤鞴（ふいご）の時代には番子（ばんこ）が二人ずつ交替で天秤鞴を踏んでいた。何分おきかに炭と小鉄を交互に投入し、鞴の加減を調節し、時々鉄滓（のろ）を出すという作業を続けるわけである。砂鉄は鉄と酸素が結びついた酸化鉄であるので、木炭と一緒に加熱すると酸素が木炭の酸素と結びついて鉄となるわけである。理屈はそうであるが、小鉄の分量や火の色など常に注意していなければならず、村下はこの間ほとんど気を休めて寝ることができない。このようにして操業を続けると土炉は内側から侵され、薄くなり、保てなくなってくる。そこで砂鉄の投入をやめ、風を止め、炉をこわす。そして鉧（けら）を取り出し、これを鉄池に入れて冷ました後、大銅場で粉砕し、鋼造りが鋼と歩鉧（ぶげら）に分ける。一方、銑（ずく）はこれをそのまま鋳物工場へ送って鋳物の原料とする。これが鑪（たたら）製鉄の工程であるが、もう一つ重要なことが残っていた。それは鑪吹きに使う木炭である。

銑（ずく）

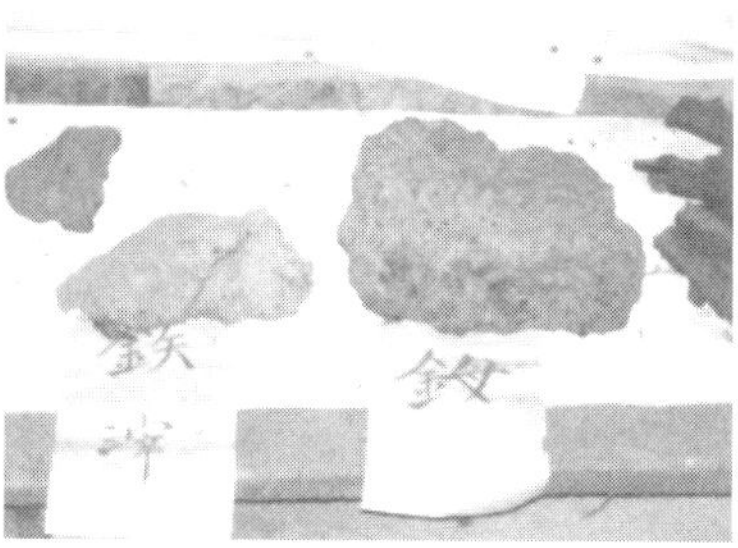

鉧（けら）と鉄滓（のろ）

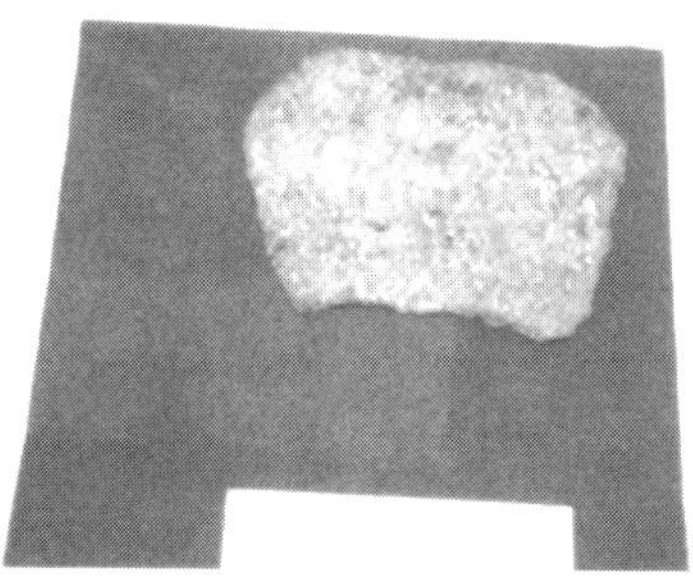

玉鋼

⑦炭焼き

鑪において、砂鉄に次いで大事なものは木炭である。鑪で用いる木炭には燃料としての役割の他に、前に書いたような炉内で砂鉄と反応する溶剤としての重要な働きがある。山内（製鉄に従事している人々の集落）の中で、木炭製造担当者を山子（やまこ）という。

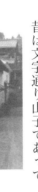

昔は文字通り山子であって、山は「旦（だん）さん」と呼ばれる地主（菅谷鑪では田部（たなべ）家）のもので、焼く者はその山を割り当てられて焼くという方式であった。炭竃を作ったあとは、木の切り出しに五日、焚くのに六日、冷ますのに四日、俵詰め五日の合計二十日間で一竃をかせぐ。一竃の焼き上げは昔は四貫目俵五十俵であった。「復元計画」に使用した木炭は、炉床の基礎づくりに用いたものも含めて約三十トンにもなり、鑪製鉄には膨大な木炭が必要だったのである。「砂鉄七里に炭三里」という鑪経営の上での鉄則とされたことばがあって、嵩（かさ）張る炭を遠くから運ぶには輸送費が大変なので、炭竃（がま）の位置は高殿から三里以内にとどめよ、という意味である。吉田村を訪れると、町の入口にある白壁の蔵群に驚かされるが、それは田部（たなべ）家のもので、かつては菅谷

田部家の蔵群

菅谷鑪近くの金屋子さんの祠

松江市忌部町にある
金屋子神社

鑪の山子は田部家の山林を割り当てられて炭を焼いた。むろん菅谷鑪もかつては田部家のものである。

ところで、鑪師の守護神は金屋子神(かなやごかみ)である。「出雲ではかつての鑪の創業地をはじめ、町や村の鍛冶屋、山間部の炭焼、さらには鑪場の鉄穴流しの仕事を請け負っていた付近の農民まですべてこの金屋子神を守護神とし、鑪や鍛冶屋ではその小屋の一隅に祭壇を設け、また屋外にも適当な箇所に小祠を設けてこの神を祀り、さらに炭焼や鉄穴流しの現場では、その傍に神札を立てるなどのことをして祀っていた。」(『鑪と刳舟』)とあるので、鑪につながる人々共通の守護神である。菅谷鑪の高殿にも金屋子神の祭壇があり、近くには祠があった。金屋子神社は出雲地方に多くあり、その総本社が今の広瀬町比田にある。ここの金屋子神社の縁起は、「幡磨の国の岩鍋という所に高天原から降りた金屋子神が、白鷺に乗って西国に赴き、出雲の比田の桂木の森で羽を休めていたところ、たまたま狩りに出ていた安部正重が発見し、やがて神託により長田兵部朝日長者なるものが宮居を建立し、神主に正重を任じ、神はみずから村下となり、朝日長者は炭と砂鉄を集めて吹くと、鉄の湧くこと限りなし、これが鉄山の濫觴（らんしょう）である、」というものである。この金屋子神社は私の故郷松江市忌部町の実家の近くにもある。かつては鑪が吹かれていたということであろうか。この金屋子神は男神、女神の二説があるが、一般世人には女神と信じられていた。そこから、次のような禁忌が生まれる。『鑪と刳舟』に紹介されている村下や鍛冶の話。

「金屋子さんは女の神さんで、女が大嫌いである。女は絶対に鑪の中には入れない。まちがって入ってきても必ず火所（ほど）穴がつまる」
「金屋子さんは女の神さんで、人間の女は嫌いである。妻が月の穢にあるときは、夫の村下も一週間鑪へ出なかった。」

つまり、鑪場には女性は入ってはいけなかったのである。このような禁忌がいつごろできてきたものかはわからないが、『もののけ姫』では、女達が活き活きと鞴（ふいご）を踏んでいる。そこには宮崎駿が込めた思いがあると思う。

さて、この鑪製鉄はいつごろから始まったのであろうか。踏鞴（たたら）ということばが『日本書紀』に出ていることは先に書いたから、起源は古代にさかのぼれるだろう。私の母の故郷は島根県の大東（だいとう）町山王寺（さんのうじ）である。そこには海潮（うしお）神代神楽が伝わり、私は小さい頃お祭りで何度か観ている。私の伯父も社中に入り演じていた。その代表的な演目に「簸（ひ）の川大蛇（おろち）退治」がある。これは『古事記』にある、有名な須佐之男命の大蛇退治の話を神楽にしたものである。『古事記』には「八俣（やまた）のをろち」を「その目は赤かがちのごとくして、身一つに八頭（やつがしら）・八尾（やお）あり。また、その身に蘿（ひかげ）と檜（ひ）と椙（すぎ）と生（お）ひ、その長（たけ）は、谿（たに）八谷（やたに）、峡（お）八峡（やお）に渡りて、その腹を見れば、ことごと常に血に爛（ただ）れてあり。」と描写している。このことについて、民俗学者の谷川健一は『出雲の神々』の中で次のように解釈している。

「これは見方によっては、鉄穴流しによって水が濁った斐伊川上流の渓谷の景観を叙したものと受けとれなくもない。それはスサノオが大蛇をずたずたに斬ると、斐伊川が血で真赤になって流れたと『古事記』が伝える箇所と照応する。そしてさいごに得たのがツムガリの太刀であったとすればなおさらである。」

海潮神楽に使われる
須佐之男命の面

「こうしてヤマタノオロチ退治の説は、斐伊川の上流を舞台とした鉄穴（かんな）流しの方法による古代の製鉄工業とむすびつかざるを得ない。」

これも鑪製鉄が古代から行われていることの証拠といえるのではないか。

『出雲風土記』には大蛇退治の話はない。しかし、「大原郡、阿用の郷」の説明に「古老の傳へていへらく、昔、或人、此處に山田を佃りて守りき。その時、目一つの鬼來りて、佃る人の男を食ひき。」この、一つ目の鬼は鍛冶の祖先神天目一箇神の変形であったろうと、戸井田道三は『出雲風土記』の中で述べている。「目一つの神」については谷川健一が『青銅の神の足跡』の中で柳田國男の『一つ目小僧その他』の仮説を批判して、詳しく述べている。谷川は「目ひとつの神」がなぜ金属神なのかに関連して、『鑪と鍛冶』（石塚尊俊）にある村下堀江要四郎氏の次のような談話を紹介している。

「村下は年中火の色を見ておりますから、だんだん目が悪くなっていきます。火を見るには目をつむって見ねばなりません。両目では見にくいものです。右目が得手の人や左目が得手の人や、人によって違いますが、どのみち一目で見ますから、その目がだんだん悪くなって、年をとって六十を過ぎる頃になると、たいてい一目は上がってしまいます。」

これらの話から、谷川は次のように結論づける。

「たたら炉の仕事に従事する人たちに一眼を失する者がきわめて多く、それゆえに彼らは金属精錬の技術が至難の業とされていた古代には、目一つの神とあおがれたと私は考える。」

ここにも、古代から鑪製鉄が行われていた証拠があるといえるのではないか。

さて、ここまで書いてきて、もう一度『もののけ姫』のテーマにもどって考えてみると、鑪製鉄がもたらした「自然破壊」ともいうべきものに考えが及ぶ。『和鋼風土記』で山内登貴夫は言う。

「操業がもっとも盛んであった近世末期においては、この地方では、一度たたらに火を入れると、原料採取のために二つの山の自然が大きく変化したという。つまり、鉄穴流しによって、一山が流失し、木炭にするための山林伐採によって他の山が丸坊主になった。」

鑪製鉄のためには膨大な山林を必要とする。そしてその広い山林の所有者が出現する。宮本常一は『山に生きる人びと』の中で、「桜井家が持った山林は四千丁歩。田部家にいたってはその十倍を越える山林を所有していた、」と述べている。いずれにしろ、鑪を吹くごとに山は崩され、山の木は大量に伐採され、「自然破壊」が進んでいくことは事実であった。「エボシ御前」と「シシ神」との対立は必然だったのである。

おわりに

最後に、このテーマを「総合」の授業としてどのように展開していくかについて、簡単に触れておきたい。

① 『もののけ姫』を読み拓く。

映画を観て、その時代背景、そこに登場する人物形象をできるだけ詳しく読み拓き、テーマについて討論する。エボシ御前やサンやアシタカの立場に立って、討論してみてもおもしろいだろう。

② 鑪製鉄について調べ、実際に鉄を作ってみる。

菅谷鑪の山内を見学していたら、吉田小学校の子どもたちの版画が展示されていた。それは簡易鑪で鉄を作っている場面を版画にしたものである。元の形での再現は不可能であるが、簡易鑪で鉄を作ることは可能ではないか。広島県の庄原市にある「さとやま古代たたらクラブ」では「たたら・鉄づ

吉田小学校生徒の版画作品

くり」体験行事を行っている。実際に作ることで見えてくるものがたくさんあるのではないだろうか。

もちろん、鑪製鉄の歴史を調べることでさまざまなことが見えてくるだろう。今回触れなかったが、この製鉄技術は朝鮮半島から伝わったと思われるが、まだよくわかっていない。その流れを追求してみても面白いし、稲作文化からだけでなく、さまざまな職人の文化、歴史をたどってみると、今までと違ったものが見えてくるかもしれない。また、製鉄の工程から「酸化」「還元」についても学べるであろう。現在の製鉄について調べるグループがあってもいいだろう。

③他の文学作品に触れてみる。

例えば、宮沢賢治はどうだろう。小森陽一は『日本語の近代』の中で、宮沢賢治の「狼森（オイノもり）と笊森（ざるもり）、盗森（ぬすともり）」という童話について次のように書いている。

> 「鹿踊りのはじまり」は、同じ『注文の多い料理店』に収められた、「狼森と笊森、盗森」と並んで、農耕という植民地主義的な生産と食物連鎖の生態系を問題化した童話である。「狼森と笊森、盗森」の新たな開墾地に乗り込んでくる「百姓」たちの姿は、明らかに武装侵略集団として語られている。
>
> 　四人のけらを着た百姓たちが、山刀（なた）や三本鍬（さんぼんぐわ）や唐鍬（とうぐわ）や、すべて山と野原の武器を堅くか

らだにしばりつけて、東の稜ばった燧石の山を越えて、のっしのっしと、この森にかこまれた小さな野原にやって来ました。よくみるとみんな大きな刀もさしてゐたのです。

人間から見れば、「山刀や三本鍬や唐鍬」は農具だが、この農具によって殺戮される「森に囲まれた小さな野原」の先住者である植物たちから見れば、それは「山と野原の武器」にほかならない。古来からの和鋼製造品である「鉧」を想起させる「けら」という言葉や「燧石の山」といった固有名は、この「百姓」たちが鉄器文明の申し子であることを表している。入植した武装集団が、「野原」の先住植物を殺戮した後、畑で作った粟を収穫する頃、毎年子供が、農具が、そして粟が神隠しにあう。農業生産の収穫物である粟を盗んだのが「盗森」である。

「けら」から「鉧」を想起し、農具を鉄器文明につなげ、人間が森を侵略していく姿を読み込んでいる点がおもしろい。宮沢賢治の他の作品にも同様なテーマを含みもつものが多くあり、教材として使えるだろう。

もし私が「総合」の時間を持つとするならば、扱ってみたいテーマについて書いてきた。教育実践というものは一筋縄ではいかず、実際にやってみるとさまざまな壁にぶつかるであろう。しかし、その壁にまた、学ぶことが多いような気がする。

《参考文献》

・『未来をひらく総合学習――「総合的な学習の時間」へのもう一つのアプローチ』梅原利夫・西本勝美編著（ふきのとう書房　二〇〇〇年）
・『もののけ姫』パンフレット、スタジオジャンプ編集（東宝映画　一九九七年）
・『高校生諸君！　映画を見なさい』吉村英夫（大月書店　一九九八年）
・『歴史と出会う』網野善彦（洋泉社新書　二〇〇〇年）
・『異形の王権』網野善彦（平凡社ライブラリー　一九九三年）
・『無縁・公界・楽――日本中世の自由と平和』網野善彦（平凡社ライブラリー　一九九六年）
・『菅谷鑪』島根県教育委員会
　昭和四十二年度民俗資料緊急調査報告書（島根県文化財愛護協会による再復刻版　一九九八年）
・『鑪と刳舟』石塚尊俊（慶友社　一九九六年）
・『和鋼風土記――出雲のたたら師』山内登貴夫（角川選書　一九七五年）
・『鉄の歴史村』鉄の歴史村地域振興事業団（一九九五年）

・『たたら』立河秀作・角川年康（さとやま古代たたら倶楽部　一九九九年）
・『鉄人伝説・鍛冶神の身体』金屋子神話民俗館（一九九七年）
・『鉄の歴史博物館』展示資料
・『古事記』西宮一民校注（新潮日本古典集成　一九七九年）
・『出雲の神々』谷川健一（平凡社カラー新書　一九七八年）
・『出雲國風土記』秋本吉郎校注（日本古典文学大系『風土記』所収　岩波書店　一九五八年）
・『歴史と文学の旅　出雲風土記』戸井田道三（平凡社　一九七四年）
・『青銅の神の足跡』谷川健一（小学館ライブラリー　一九九五年）
・「一目小僧その他」『柳田國男全集六巻』柳田國男（筑摩書房　一九八九年）
・『山に生きる人びと』宮本常一（『日本民衆史2』所収　未来社　一九六四年）
・季刊『文化遺産』3号（一九九七年）、6号（一九九八年）
・『日本語の近代』小森陽一（岩波書店　二〇〇〇年）

リディツェ村の悲劇

いやいや、みなの衆、それはいかぬぢゃ。
これほど手ひどい事なれば、必ず仇を
返したいはもちろんの事ながら、
それでは血で血を洗ふのぢゃ。

（『二十六夜』宮沢賢治）

チェコの首都プラハから二十二キロ離れた近郊にあるリディツェ村で一九四二年に起きた悲劇を、みなさんはご存じであろうか。

今年（二〇〇四年）四月十八日のサンデープロジェクトで、田原総一朗氏にインタビューを受けていた元首相の宮澤喜一氏が、イラク情勢に関して次のように述べていた。

「米軍によるファルージャの掃討作戦は、アメリカ人四人が惨殺され、その様子が米メディアによって明らかにされて、まあ報復としてやらざるを得なかったんでしょうね。」

「テロに屈するな」というブッシュの叫びが、報復として、多くのイラクの民間人を無差別に殺戮する悲劇をもたらしている。

私は、米軍によるファルージャへの報復としての無差別殺戮の悲惨から、「リディツェ村の悲劇」を連想する。私は、二〇〇二年の夏にリディツェ村を訪れた。そこで、「リディツェ村の悲劇」の体験者、メロスラバ・カルボラさんのお話を聴く機会を得た。そのお話をここに紹介しようと思う。

その前に、悲劇の起こる背景となる、ナチスによるチェコ占領の歴史を概観しておこう。

ヒトラーが、ドイツ首相の座につき、ナチス党が権力を手にしたのが一九三三年の一月。ヒトラーは「ドイツ国民は、ヨーロッパを支配し、それをドイツ民族の帝国に変える権利を持っている」とSS（ナチ親衛隊）へ演説をした。

まず、第一歩として一九三八年三月にオーストリアを併合した。次に目をつけたのが、チェコスロバキアのズデーテン地方であった。一九三八年九月二十八日に、ミュンヘンに集まった、ヒトラー、ムッソリーニ、チェンバレン、ダラディエらのドイツ、イタリア、イギリス、フランス四国首脳会談で、当事国のチェコスロバキア抜きに、ズデーテン地方をドイツに割譲することに決めてしまった。孤立無援のチェコスロバキアはズデーテン割譲を飲むしかなかった。

だが、ヒトラーはズデーテン地方だけのはずだった公約を破り、チェコスロバキア全土を占領し、解体してしまった。チェコスロバキア西部に当たるボヘミアと中部のモラビアがドイツの保護領となり、東部のスロバキアは保護国となった。一九三九年三月十五日、ドイツ軍はプラハを占領する。

ここにラインハルト・ハイドリッヒというSS大将、SD（保安課報部）長官、保安警察長官の肩書きを持ち、ヒトラーの信頼の厚い人物がいた。ユダヤ人絶滅政策をまとめたヴァンゼー会議の最高責任者となり、「最終的解決」と称するジェノサイド機構を作り上げた、冷酷で機械のような男であった。

ハイドリッヒは、チェコ総督のノイラートが病気のために代理副総督という名目でプラハに乗り込んできた。事実上の占領政策の最高司令官だった。彼はチェコ全土に戒厳令を敷き、抵抗者たちを鎮圧すべく、あらゆる集会を禁止した。これに背いた者は、銃殺または絞首刑にすると布告した。そして、実際に多くの人々が処刑され、強制収容所に送られた。ハイドリッヒは、「プラハの殺人鬼」「金髪の野獣」と恐れられた。

このハイドリッヒを葬ろうと、ロンドンに逃れていたベネシュ大統領らの亡命政府は暗殺計画を決定した。

一九四二年五月二十七日朝、ハイドリッヒはプラハの別荘からヒトラーのいるベルリンへ向けて飛び立とうと、ベンツのオープンカーに乗って空港へ向かっていた。そこにロンドンの亡命政府から派遣された特殊工作員たちは予定されていた地点で待ち伏せをしていた。軽機関銃の弾が出ないというアクシデントもあったが、工作員の投げた手榴弾がベンツに命中した。その傷から壊疽（えそ）を起こしたハイドリッヒは、八日後に死んだ。この知らせはすぐにベルリンに飛び、ヒトラーを激怒させた。

そして、リディツェ村が生け贄（にえ）となった。

私は、二〇〇二年の八月十九日にかつてのリディツェ村があった地を訪れた。そこで、「リディツェ村の悲劇」を体験された、メロスラバ・カルボラさんのお話を聴いた。通訳はガイドのミカエラ・トマンコーヴァさんである。次の記録は、その時のお話のテープを起こしたものである。

「この下の方に、昔のリディツェ村がありました。この村には、一〇二軒の家があり、四九五人の人々が住んでいました。この村の中心は下の方にあり、今左の方に壁が見えますが、そこには学校がありました。右の方にも壁の一部分が見えますが、そこには先ほど皆さんが観た映画にも出てきた村の教会がありました。

そのころ、村の男たちの多くは、この村から七キロほど離れたクラドノで鉄の工場や炭坑で働いていました。また十四軒の農家もありました。女性は、この村の畑で仕事をしていました。こちらの村の生活はシンプルなものでしたが、比較的よかったのです。一九四二年の初めまでは。

私は、当時十九歳で、高校を終えてクラドノの銀行に勤めていました。父母、祖母と学生だった妹と私の五人家族でした。父は料理人でした。

一九四二年の五月二十七日に、プラハにいたラインハルト・ハイドリッヒが撃たれましたが、誰がやったのかなどの背景については何も知りませんでした。その事件の後、チェコではたくさんの人々が捕まり牢獄に入れられ、殺されました。一五〇〇人以上の人が殺されました。また、多くの人々が収容所に送られ、戻ってきませんでした。

ハイドリッヒはすぐには死にませんでしたが、六月になってから死にました。六月九日にベルリンで大きな葬儀が行われました。ハイドリッヒの後にやってきたフランクというナチ

左　ミカエラ・トマンコーヴァさん

メロスラバ・カルボラさん

かつてここにリディツェ村があった

リディツェ村の建物の跡

スの将校がリディツェ村の破壊の計画を作りました。ハイドリッヒはナチスの中で三番目の重要な人物でしたので、ヒトラーは暗殺を知って大変怒りました。最初のヒトラーの予定では、チェコ人を一万人くらい殺そうと考えていたそうですが、フランクの計画は違い、リディツェ村を破壊しようというものでした。大人の男性はここで全員殺され、女性は収容所に送られました。子供たちは、最初の予定ではドイツの家庭で引き取って育てるというものでした。

六月九日の夜に、プラハのゲシュタポに指令が出されました。九日の夜、この村はドイツ兵に囲まれて、誰も逃げられないようにされました。十二時にはドイツ兵が各家に押し入り、女性と子供たちは食べ物をもって学校に行かせられました。男性は別の広場に行かせられました。女性と子供たちは学校の体育館に集められ、そこに三日間泊まりました。子供たちの中で、ブロンドの子や、青い目をしている子など、ゲルマンのタイプの子を選び、リストアップしました。

三日後にゲシュタポは母と子供らを分けて、女性たちはみんな列車で、子供たちはバスでと別々に収容所に連れて行きました。それは最悪の日でした。最初ゲシュタポは、収容所でまた一緒になれると言っていましたが、それは嘘で別々の収容所に連れていかれたのです。女性たちは二日ほどしてある駅に着きました、そこには女性のＳＳ隊員が待っていて、収容所に連れて行かれました。そこはベルリン近郊八十キロにある、女性専用の強制収容所ラー

PHOTO DOCUMENTS
ABOUT THE DEMOLITION OF LIDICE
(FROM THE NAZI ARCHIVES)

Massacred men.

Officers examining the destroyed village.

Smiling soldiers near a burning house.

Men shot by soldiers and the common dug grave.

フェンスブリュックでした。

収容所では、最初に中庭に入りました。二つの大きな建物がありました。そこで、私たちはリディツェから来たけれども、子供たちは来ているのかと訊きましたが、来ていませんでした。私たちは、囚人服に着替えさせられ、番号をつけられました。私は一一七八九番でした。そして、特別な部屋に入れられました。一番年上の女性は八十二歳で、一番若い女性は十六歳でした。娘と母と祖母の家族もいました。そこで、いろいろな仕事をしなければなりませんでした。いろんな建物や道を作りました。また制服も作りました。手紙を出すことはできましたが、子供たちのことや男の人たちのことはわかりませんでした。子供たちはポーランドにいるということでした。

収容所での生活はひどいものでしたが、戦争が終わったら、村に戻って子供たちに会えると思っていました。一九四五年の春は、アウシュヴィッツでもひどかったのですが、ラーフェンスブリュックでもガス室で毎日たくさんの人が亡くなりました。ラーフェンスブリュックでは女性は十三万人入りましたが、戦争の終わりには九万人がガス室で殺されました。三分の二ぐらいです。最初は、年老いた女性がガス室に送られました。一九四五年の二月、三月になって特別の競争になりました。例えば、一〇〇メートル走らせて、遅い者をガス室に入れたりしました。それから、髪がグレイになったり、足に静脈瘤ができた者がガス室に送られました。ラーフェンスブリュックには比較的早くソ連の軍隊が来たので、私たちは助かりました。

解放された後、最初は体が弱っていたので、すぐには歩けませんでした。ソ連軍の車で、チェコの生まれ故郷に帰りました。しかし、途中、戦争で道も破壊されていましたので、たびたび歩き、すべて車で帰るというわけにはいきませんでした。

リディツェ村に着いてから、男性らは一九四二年六月の時に全員殺されたと知りました。一九四五年の六月十日にこの村に戻りましたが、畑が残っているだけでした。家もなくなっていましたから生活は大変でしたが、その時はリディツェの女性は子供を捜そうとしました。ドイツの家庭にいるのかどうかを確認しましたが、時間をかけてもよくわかりませんでした。

子供たちはポーランドのロッジという所に連行されたというので、そこまで行きました。九人の子供たちはドイツの家庭で育てられていました。そのうちの六人が戻りました。事件後リディツェで生まれた七人の子供のうち、四人は亡

ここでリディツェ村の男性たちが銃殺された

くなり、二人の子供はプラハのチェコの家庭で育てられました。

ラーフェンスブリュックの収容所で子供が生まれましたが、すぐに殺されました。

子供たちは八十八人いましたが、ポーランドのロッジに三週間いました。服は着たままの同じ服で三週間いました。一番小さな子は十五ヶ月でした。こんな小さな子供たちでも一日の食事は、パンとコーヒーとスープだけでした。いろんな病気にもなり、たいへんでした。三週間後にポーランドのヘウムノという収容所に車で連れて行かれました。そこには大きなトラックがあり、それはガスを入れられるように特別に作られていたのです。一九四二年には、アウシュビッツのガス室はなくて、そのヘウムノという収容所で特別の車を使ってガス毒殺を行いました。リディツェの子供たちだけでなく、ポーランド人やユダヤ人など三〇万人もの人々がこのヘウムノで殺されたのです。

リディツェの女性たちは一九二人がラーフェンスブリュックに入って、四十九人が病気やガス室で亡くなりました。一四三人がリディツェに戻りました。

一九四七年には新しいリディツェ村が再建されました。そこには同じような家が建てられ、ラーベンスブリュックにいた女性たちがそこに入りました。戻ってくる子供らもいました。今もそこに住んでいます。

戦争が終わってから、若い女性の中には結婚して子供を生み育てている人もいます。その時から、三十から四十歳以上の女性はずっと、今のリディツェに住んでいます。今でも、かつてのリディツェにいた女性が十八人住んでいます。一番年をとった女性は九十歳になります。子供たちは十七人住んでいましたが、一人亡くなりました。

このリディツェの事件は、ハイドリッヒ暗殺の報復のためになされたものです。本当に暗殺を計画した人は、一九四二年の六月十八日に見つかりました。二人のパイロットも殺されました。リディツェの事件の一週間後でした。だから報復するだけのために、このリディツェが犠牲になったのです。

(写真を示しながら)

この女性はリディツェの事件の時は十九歳でした。この女性の妹は十六歳で、ラーフェンスブリュックに連れて行かれた女性の中で一番若い人でした。この女性のおばさんは、ラーフェンスブリュックのガス室で殺されました。また、おじさんはこちらで殺されました。息子さんが、その時は六歳でした。ヘウムノで殺されました。子供たちは、帰っても両親がいない者が多かったのです。……」

今年(二〇〇四)四月、イラクで日本人拘束事件が起こった。

そのことについて、日本の政治指導者やメディアから、危険な地に足を踏み入れ誘拐されたのは「自己責任」で、当人と家族に謝罪を求め、救出費用を支払えという「自己責任」論が出た。

それについて様々な意見がだされたが、四月二十三日朝日新聞のオピニオン面に寄稿したオーストラリア国立大学のテッサ・モーリス゠スズキ氏の「『義憤』の矛先　正しいか」と題した意見文に私は共感したので、簡単に紹介しておく。

「戦争の最初の被害者は真実だ、と言われる。最近のイラク報道を読めば、二番目の被害者は論理だと実感する。

軍部を下請けする米国民間企業の職員四人が三月三十一日、ファルージャで群衆に殺された。暴徒化した住民は遺体を橋につるし、世界に衝撃を与えた。米政府は報復として軍事攻撃を行い、ファルージャでは七〇〇人を超す市民が死亡したとされる。多くは女性や子供で米『民間人』の殺害とは無関係な人たちだ。

（中略）

米『民間人』らの殺害はファルージャ攻撃の契機となったのだが彼らは自らの意思により、そこを危険な国と知りながら入って行ったのではなかったか。そうだとしたら、彼らの身にふりかかった運命はそれゆえに、彼ら自身の責任になるのか。

またそれが『自己責任』であるなら、殺された『民間人』の家族はファルージャ攻撃を招いた責任をとって米国市民に謝罪し、後に展開された米軍の活動費用を負担すべきなのか。

さらにファルージャ市民にも謝罪し、殺害された何百人もの市民らに補償金を支払うべきなのか……。

これらは本質的であるゆえに荒っぽい質問で、ある人々には不愉快なものであろう。しかし日本政府などが強調する『自己責任』論の偽善性を浮き彫りにするためには、問われる必要がある。これらの質問にどう答えるべきかを考えれば、被害者を非難するという論理がいかに転倒しているか、分かるはずだ。

（中略）

人質になった日本人に『義憤』をあらわにする人々には、罪もない人々を罰し続ける米国政府と、そうした戦略を支援する各国政府に義憤の矛先を変えてしかるべきではなかろうか。」

人類の歴史の中で、「報復」がいかに愚かしく、悲劇を生むのかが証明されているにもかかわらず、同じことが繰り返されている。今、私が「リディツェの悲劇」の証言をここに記す所以である。

（二〇〇四年五月）

《参考文献》

・リディツェ記念館発行の英文パンフレット
・『世界の歴史26　世界大戦と現代文化の開幕』（中央公論社　一九九七年）
・『プラハは忘れない』早乙女勝元編（草の根出版会　一九九六年）

高生研国語サークル・
夏のブックトーク二〇〇八に向けて

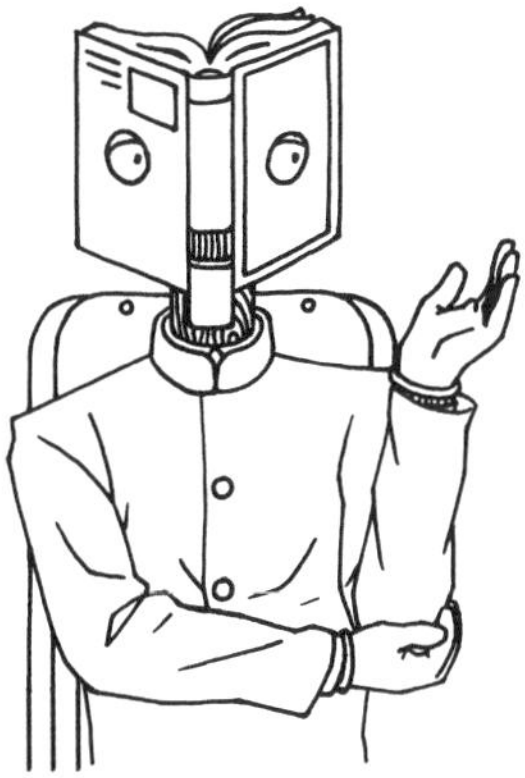

書物とは我々の内なる凍った海のための斧なのだ
——フランツ・カフカ

「解釈」を深めてこそ、「読み」は深まる

「小説」の「テキスト」は「自由に」読んでいい、ということを最近いいすぎるように思う。むろんどんな「テキスト」でも、「読者」が自由に読んでいるわけだが、授業という場において、生徒らが自由、気ままに読んだからといって、果たして「読み」が深まるのであろうか。一語、一語の「解釈」を深めてこそ、「読み」を深めていくことができるのである。ここでは、『山月記』と、『藤野先生』について、私の〝解釈〟の一部を紹介したい。

ご存じのように『山月記』は、「隴西（ろうせい）の李徴（りちょう）は博学才穎（さいえい）、天宝の末年、若くして名を虎榜（こぼう）に連ね、ついで江南尉に補せられたが、性、狷介（けんかい）、自ら恃（たの）むところすこぶる厚く、賤吏（せんり）に甘んずるを潔しとしなかった。」という一文から始まっている。さて、「隴西」とは何を意味するのであろうか。「故山、虢略（かくりゃく）」とあるのだから、生まれ故郷ではない。では、何か。「隴西」とは「李」氏の発祥の地の名前である。『白孔六帖』巻二十三に「言李出隴西」「舊徳之傳言李悉出隴西」とあるように「李」氏は「隴西」から出ているのである。また、『山月記』の題材をとった『人虎傳』の冒頭は「隴西李徴、皇族氏、家於虢略」とあるのだから、「隴西」に住んでいたのではないことは明らかであるばかりでなく、「隴西の李」氏は「皇族」の出自をも示していたのである。こ

のことがわからなければ、「江南尉」というかなり高位を得ながら、それを「賤吏」とみる「李徵」の気位の高さを「読んだ」とはいえない。（※1）

さらに、さりげなく書かれている「天宝の末年」をも読み落としてはいけない。「天宝」と言えば、唐の玄宗皇帝の治世で、楊國忠によって政治の私物化が行われた腐敗政治の時代であり、その「末年」には安禄山によって安史の乱が引き起こされた時期である。世は乱世である。私は、白居易が「天寶宰相楊國忠」の侵略主義を批判した詩『新豐折臂翁』を紹介しよう。この詩は、楊國忠が雲南地方を侵略するために「無何天寶大徵兵」したのに対して「偷將大石槌折臂」って、徵兵拒否をした（かつての青年）翁を描きながら、戦争を戒めたものだ。天宝の時代は、乱世の時代、権力闘争の時代、そして侵略戦争にかり出されて多くの人民が死んだ時代だったのである。そうした時代を理解しなければ、その争いの時代から身を引き、「ひたすら詩作にふけった」李徵を「読んだ」とはいえない。そして、「監察御史」である袁傪（えんさん）が、なぜ「次の朝、いまだ暗いうちに出発しようとした」のか、という点についても読み過ごしてしまうだろう。中央集権的な皇帝権力が弱まり、藩鎮と呼ばれた節度使が中央に従わなくなったから、「勅命を奉じ」て、そこへ一刻も早く赴かなければならなかったのであろう。袁傪は皇帝権力を体現したエリート官僚であり、李徵との生き方と対比して描かれているのだ。

次に『藤野先生』についてみてみよう。魯迅が東京から仙台へ移るその旅の途上を描いている箇所に、「次に覚えているのは『水戸』だけ、これは明の遺民、朱舜水（しゅしゅんすい）先生が客死された地だ。」

という一文が挿まれている。朱舜水は、一六四四年に満州民族によって滅亡させられた明朝を再興する運動に参加し、台湾に拠った鄭成功（ていせいこう）を支援したが、鄭成功が日本に救援を求める日本請援使として派遣され、長崎に亡命する。その後、寛文五年（一六六五）、水戸藩主徳川光圀に招聘（しょうへい）されて、庇護された。現在、水戸藩邸があった東大農学部の敷地に〝朱舜水先生終焉之地〟と記された碑がある。清王朝は、満州民族（女真族）が漢民族の明王朝を滅ぼしてうち立てた王朝である。中国近代化につながる辛亥革命は、漢民族復興の意味も持っていたのである。さて、辮髪（べんぱつ）は、清朝が漢民族にも強制したもので、「頭を残すものは、髪を残さず。髪を残すものは、頭を残さず」と言われるほど、辮髪を拒否する者には死刑をもって臨むほどの強制力を持ったものだ。漢民族にとっては、屈辱的な頭髪なのである。『藤野先生』の冒頭で、「清国留学生」の速成組の辮髪を〝富士山の形〟になぞらえて揶揄（やゆ）している部分があるが、魯迅も同じ清国留学生の一人であり、日本への留学当初は辮髪だったのだ。仙台時代の写真は辮髪ではないので、仙台へ行く前に髪を切ったのである（※2）。ダンスの稽古にうつつをぬかしている清国留学生の描写は、竹内好訳では「その一間の床板がドシンドシン地響きを立て」となっているが、原文では「有一间的地板便常不免要咚咚咚地响得震天」となっている。ダンスの稽古の音は「天を震わす」ほどのものと描写し、「清国留学生」速成組に対しての魯迅の目は辛辣である（※3）。いずれにせよ、冒頭の部分は、こうした背景を知らないのでは、十分に「読んだ」ことにはならない。

『藤野先生』によると、魯迅は仙台で「優待」を受け、「ある先生」から囚人の賄いを請け負っている下宿にいるのはよくないから移るようにいわれて迷惑したが、後の研究によると（※4）、この「ある先生」とは藤野先生その人だということである。そうすると、物珍しい中国人だから「優待」していた他の人々と、魯迅の人格を認めて親切にしていた藤野先生とを対比して読んでいた、今までの私の「読み」を修正しなければならない。魯迅は当時、藤野先生の「優待」を、よけいなおせっかいと感じ、迷惑に思っていたのだ。だから、下膊（かはく）の血管の図の描き方で反発したことも、纏足（てんそく）について問われて戸惑ったことも、試験問題漏洩の嫌疑を受けたことが藤野先生の「優待」から発したことも、書いているのである。しかし、中国に帰り、「正人君子」たちから忌み嫌われ、仕事に「倦ん」だ時、魯迅を励ましてくれる「先生」として再発見したのだ。そういうことが「読めて」くる。

《注》

※1 「隴西」と「虢略」との矛盾を解く鍵を与えてくれたのは、「魯迅」の『阿Q正伝』（松枝茂夫訳、旺文社文庫）である。「第四に、阿Qの原籍である。もし彼の姓が趙であるとすれば、今日、地方の名家と称せられているものがよくするように、『郡名百家姓』にある注解によって、『隴西天水の人なり』ということができる。」とあり、『郡名百家姓』の注として、「『郡名百家姓』は『百家姓』の一種で、それぞれの姓の上に郡名を附注して、その姓の源が古代のどの地方から出ているかということ

を表示したもの。」とある。学習院大学院生（当時）の中丸貴史氏に依頼して『百家姓』を調べてもらったが、そこには「李氏」のことは出ておらず、『白孔六帖』にあることを教えてもらった。

　その後中国からの留学生連思怡さんから次の指摘をもらった。それによると江南尉というのは一番低い品級である。

『山月記』資料　監察御史について　　連　思怡

【中国の古代の官吏の品級】

正一品
一品
正二品
二品
正四品上
正四品下
四品上

四品下
正八品上……監察御史　――品級は低い
九品上……上中　尉
九品下……中下　尉（江南尉）　――一番低い品級

皇帝

中央

国の政治に直接関わる官吏が多い。
品級が高い官吏は朝廷で発言権をもつ。

地方（州）

閑職が多い。品級が低い者が多い。

尉……当地の警察の長。武官。

御史台

唐の最高監察部門。品級は低いが、
色々な特別な権限を持つ。

- **台院**
- **殿院**
- **察院**

御史の品級は低いが、
直接皇帝に報告することが可能
（計十五人）

監察御史……正八品上。朝廷と地方の官僚がちゃんと仕事をしているのかどうかを監察する。汚職をする官吏がいたら、直接皇帝に報告することができる。品級が低いが、色んな権限を持っていて、責任重大な官職である。そして、人の恨みを買ってしまうことも多い。

※唐の玄宗皇帝の時、ある監察御史は玄宗皇帝に「牛仙客は宰相になるべきではない。」（この宰相はとても無能だが、政治的に利用価値があったから宰相になった。）と進言したところ、玄宗の怒りを買ってしまい、鞭打たれてその場で死んでしまった。
玄宗から見ると、ただの八品の官吏が下三品の官の悪口を言っているのを許せず、殺した。

玄宗皇帝の時代監察御史を務めるのは、とてもかわいそうなことだと言われることが多い。

※2　魯迅の断髪については、『魯迅　日本という異文化のなかで——弘文学院入学から「退学」事件まで』（北岡正子、関西大学出版部）に詳しい。

※3　このことを指摘してくれたのは、駒込高等学校三年生で私の授業を受けている談莫東君である。彼は『藤野先生』の原文を全文、クラスで朗読してくれたが、「先生、ここの表現すごいですよ。」と教えてくれたのである。

※4　「魯迅の仙台時代」渡辺　襄『魯迅と仙台』魯迅・東北大学留学百周年史編集委員会編（東北大学

出版会）

教科書のテキストは何を隠蔽しているのか。
――三省堂『現代文』の『南の貧困／北の貧困』（見田宗介）の書き換えについて――

『南の貧困／北の貧困』の評判が同僚の間ですこぶる悪い。大変わかりづらい文であり、ある先生などは「これが生徒の小論文なら、落第点をつけるわ。」といっているほどである。たしかにわかりづらい文章である。なぜであろうかと思い、出典の『現代社会の理論』（岩波新書）にあたってみると、大幅に書き換えがなされていたのである。教科書に採られているのは、「三、南の貧困／北の貧困」の「4　貧困というコンセプト　二重の剝奪」の部分であるが、次の部分が書き換えられている。

〈出典〉

「自分たちの食べるもの」を作ることを禁止されたあのドミニカの農民たちは、食べるものを市場で買うほかに生きられないから、どこかの大量消費市場のための商品作物を作って金銭を得るほかはなく、「所得」は増大せざるをえない。この市場から、以前より貧しい食物しか手に入れることができなくなっても、彼らは統計上、所得を向上したことになる。一日一ドルという「貧困」のラインから「救い上げられた」人口の統計のうちに入るかもしれないのである。このような「貧困」の定義は、まちがっているはずである。

〈教科書〉

南アメリカのドミニカでは、先進資本主義国による世界最大級の砂糖工場と砂糖キビ農園があるが、その契約地の農民は土地の全部に砂糖キビを作付けすることを義務づけられ、その結果、自分たちの食料を作る土地は無くなっている。飢えた農民が土地の一部に自分たちの食料となるものを作付けした時は、軍隊が動員されて、作物は根こそぎ引き抜かれてしまった。「開発」という名の下に、このようなすべてのことが行われている。「自分たちの食べるもの」を作ることができなくなった農民たちは、食べるものを市場で買うほかに生きられないから、どこかの大量消費市場のための商品作物を作って金銭を得るほかはなく、所得は増大せざるを得ない。この市場から、以前よりも貧しい食物しか手に入れることができなくなっても、彼らは統計上、所得を向上したことになる。一日一ドルという「貧困」のラインから「救い上げられた」人口の統計のうちに入るかもしれないのである。このような「貧困」の定義は、まちがっているはずである。

このように比較してみると、市場のシステムに組み込まれざるを得ないドミニカの農民たちのことがより詳しく書かれているので、いいのではないかと一見思われる。しかし、この記述では「誰が」、ドミニカの農民たちに「自分たちの食べるもの」を作付けすることを禁じているのか、見えてこない。だから、なぜ軍隊が動員されて、作物を根こそぎ引き抜くのかも、明確ではない。「先進資本主義国」ということばによって、「誰が」そうしているのか、巧妙に隠蔽され、曖昧化されているのである。あたかも、「先進資本主義国」に住む、我々に罪があるかのように。

実は、出典の『現代社会の理論』の三章の「2『豊かな社会』がつくりだす飢え」には、『なぜ世界の半分が飢えるのか』（スーザン・ジョージ）からこのドミニカの農民のことが、かなり長く引用されているのである。

「……ドミニカでは、アメリカのコングロマリット、ガルフ・アンド・ウェスタン社が、二七万五〇〇〇エーカーの土地（砂糖農園と牧場）と世界最大の精糖工場を持っている。また、過去二〇年に、砂糖キビ栽培にあてられた土地は二倍となり、全耕地の二五％を占めるに至った。しかし、その一方で、一人あたりの食料生産は減り、食料価格は一〇年前の二倍に上がって、一日の食事が一回という家族が増えてきている。一九六九年にコロンビア大学の医師がドミニカ人五五〇〇人をサンプル調査したところ、その半数以上が無気力症状を呈し、生まれてからずっと慢性の栄養失調状態だったという。にもかかわらず、ドミニカは、砂糖（これが全輸出額の半分以上を占める）ばかりでなく、トマト、キュウリ、玉ネギ、胡椒、アボカド、植物油、それに牛肉も輸出しているのである。」

ここには、ドミニカの農民に砂糖キビの栽培を強制しているのが、アメリカのアグリビジネスであることが明確に、具体的に書かれている。『現代社会の理論』の読者は、それを読んでいるから、前掲の部分を読んでも理解できる。しかし、教科書を読む者はそのことを具体的にイメージできずに、奇妙にまとめられた文章を読むことになるのである。

さて、このことと関連して、教科書は、ある重要な語を削除もしていたのである。その語とは〝剝奪〟である。４の見出しにある「二重の剝奪」も載せられていないが、出典にある「『南の貧困』をめぐる思考は、この第一次の引き離し、ＧＮＰへの疎外、原的な剝奪をまず視界に照準しなければならない」から、教科書は「原的な剝奪」が削除されている。さらに出典には「〈貧困〉のコンセプトは二重の剝奪であるということを『南の貧困』に即して見てきた。」とあるのを、教科書は「『貧困』のコンセプトは二重の疎外であるということを『南の貧困』に即して見てきた。」と「剝奪」が「疎外」に置き換えられているのである。なぜそこまで、「剝奪」という言葉を避けなければならないのであろうか。多国籍企業、アグリビジネスによって〝剝奪〟される農民という構造をわざと隠蔽し、見えにくくしていると穿ってしまう。

教科書の著者紹介の項には、「本文は『現代社会の理論』をもとに、一部筆者が手を加えたものである。」とある。私は、三省堂の教科書の編集部に電話をして事情を問うてみた。すると、「教科書に載せられる分量に限りがありますので、編集部の方で手直ししたものを筆者に見てもらい、承認していただきました。」とのこと。教科書の書き換え部分にスーザン・ジョージの著書からの引用部分を付け加えても、あるいは置き換えてもそれほど分量は変わらないはず、まして「剥奪」を「疎外」に置き換えることとは全く分量とは関係がない、納得できないことである。したがって、私は、『なぜ世界の半分が飢えるのか』から、このドミニカの農民について記述された部分や、「世界で最も悪質なアグリビジネス、ネッスル」が「アフリカの母親たちに母乳を放棄させ、人工授乳を押しつけた張本人」であり、「アフリカにおける乳幼児の栄養失調の増加と、それに基づく死亡者の増加は、明らかに人工授乳によるものだ」という部分を生徒に紹介しながら、母乳を放棄させることは、「自然からの剥奪」であること、それを行っているのが「誰なのか」という「主語」を指摘せざるをえないのである。

※土地の「剝奪」の問題では、モザンビークで日本のODA（政府開発援助）が推進する「プロサバンナ事業」（小農が大部分を占める同国の農業を大規模化し、大豆などの輸出用穀物の一大生産拠点にする構想の元に二〇一一年から開始されている。）に対して、同国の最大の農民組織、全国農民連合（UNAC）は、小農の土地収奪につながるとして、停止を求めてきた。UNACのリーダーのコスタ・エステバン氏（UNACの支部で約三万人の構成員を抱えるナンプーラ州農民連

合ＵＰＣ―Ｎ代表）は、「モザンビークの土地はモザンビーク人の手で耕されることを望みます」と、来日してＯＤＡ実施機関のＪＩＣＡ（国際協力機構）に事業の中止を求めてきた。

ブックトーク

『罪と罰』ドストエフスキー（江川卓訳　岩波文庫）
『謎とき「罪と罰」』江川卓（新潮選書）
「『罪と罰』と二十世紀後半の日本」『ドストエフスキイ　言葉の生命』井桁貞義（群像社）

『罪と罰』を読んだのは、中学生の頃だったのか、高校生の頃だったのか、ラスコーリニコフが金貸しの婆さんを殺す場面と、マルメラードフという酔漢や、シベリアの流刑地でソーニャと丸太に並んで座っている場面などがかすかに頭に残っているだけであった。それを三十年以上たって、再読したわけだ。実に面白い。ポルフィーリィとの行き詰まるやりとり、スヴィドリガイロフとドゥーニャとのやりとりなど、すべて初めて読むようで、面白かった。

そして、江川卓氏の『謎とき「罪と罰」』によると、実にさまざまな謎がしかけられた「精巧なからくり装置」であることがわかり、私の「蘊蓄（うんちく）」好き、「穿鑿（せんさく）」好きを満足させてくれる。私は、ラスコーリニコフが金貸しの婆さんを斧の刃で殺したものとばかり思っていたが、「斧の峰」で打って殺したとは……、私はきちんと「読んでいなかった」のである。この『謎とき「罪と罰」』は、ロジオン・ロマーヌイチ・ラスコーリニコフに隠された「６６６」（＝アンチクリスト＝悪魔）ということや、「ラスコローチ＝割裂く＝分離派」や、ミコールカが分離派系の一セクト「逃亡派」に属していることなど、多くの「謎」「しかけ」がしくまれていることを教えてくれるが、学べるのは、それらの「謎」「しかけ」が、テクストの「読み」に深くかかわっているということである。テクストの一語、一語の「些細なこと」「トリビアル」なことにこだわることの大切さを教えてくれるのである。

さて、井桁貞善氏の本によると、その後の様々なドラマ、漫画、文学作品に『罪と罰』が影響を与えていることが分かり、興味深い。まず、「刑事コロンボ」のキャラクターの土台はポルフィーリィ判事補であることは、コロンボの作者が自ら証言していることだそうである。「古畑任三郎」は「刑事コロンボ」から生まれている。青木雄二が『ナニワ金融道』で描きたかったのは「踏み越えてしまった人々」だというが、『罪と罰』の「罪」のロシア語はプレストプレーニエ（踏み越える）という意味だそうだ。江戸川乱歩は「心理実験」は『罪と罰』から発想したと語っているそうである。

その他、武田泰淳の『審判』、太宰治の『人間失格』、野間宏『崩解感覚』、大岡昇平の『野火』、遠藤周作の『わたしが・棄てた・女』、高村薫『マークスの山』、柳美里の『ゴールドラッシュ』が、それぞれの作家と時代における〝罪と罰〟を扱っているということだ。井桁貞義氏はこれらのことを指摘しながら、「現代日本の作家たちは、『罪と罰』と対話しつつ、明治時代あるいは、大正、昭和、平成の日本という文化テクストを併せて読み、その交点において自己の時代を読み取り、書き込みつつ、新しいテキストを生み出してきた。」とも、「作品は作家同士が、また作者と読者の主体が出会う対話の場である。読者はそこに対話の主体として参加し、読者自身の現在に必要な意味を取り出していく。」と書いている。それにしても、西洋の小説を「読む」には『聖書』を深く読み込んでいなければならないとは。

駒込学園周辺のお寺を巡る文学散歩

駒込学園の周辺は、様々な文学作品に登場する舞台となっており、文学散歩をするにはうってつけです。駒込学園は天台宗の学園ですので（学園は天台宗大保福寺の境内に建っていて、大保福寺にあった十一面観音は学園内の止観堂にお祀りされています）、学園周辺のお寺を巡りながら文学散歩をしてみましょう。

こんにゃく閻魔（源覚寺）――『にごりえ』（樋口一葉）

〈おい木村さん信さん寄つてお出よ、お寄りといつたら寄つても宜いではないか、又素通りで二葉やへ行く気だらう、押かけて行つて引ずつて来るからさう思うひな、……〉

一葉の『にごりえ』は、このように、小石川裏の新開地の銘酒屋「菊の井」で働く女性（お高）が、通りかかった馴染みの男性を呼び込む場面から始まります。銘酒屋というのは、日清戦争前後に現れた、飲み屋を装いながら売春をした新手の風俗産業です。『にごりえ』は、銘酒屋「菊の井」の一枚看板の酌婦お力が最後に源七と心中をしていく悲劇を描いた小説です。なぜ小石川裏が新しく開発されて新開地ができ、このような酌婦がいるのかというと、現在の後楽園ドームがある所に明治四年に陸軍の砲兵工廠という軍需工場ができたことと関係があります。日清戦争にあたって兵器製造のための大規模な国家予算の投入がなされたわけで、その労働力として地方からたくさんの独身男性がやってきます。そういう男性を相手に、新開地が開かれ銘酒屋も出来てきたのです。『にごりえ』の中の「或る夜の月に、下坐敷へは何処やらの工場の一連れ、丼たゝいて甚九かつぽれの大騒ぎに」とある「工場の一連れ」とは砲兵工廠の工員ではないかと思われます。

さて小石川のこんにゃく閻魔（源覚寺）は、やはり新開地に接した本郷丸山福山町に住んでいた一葉も足を運んでいますが、『にごりえ』では、銘酒屋の女性が語る次のような嘆きの中に出てきます。

源覚寺

〈あゝ今日は盆※の十六日だ、お焔魔様へのお参りに連れ立つて通る子供達の奇麗な着物きて小遣ひもらつて嬉しさうな顔してゆくは、定めて定めて　二人揃つて甲斐性のある親をば持つて居るのであろ、……〉

（※七月十六日は盂蘭盆会であり、藪入りでもあり、こんにゃく閻魔の縁日の日です。）

「それなのに、奉公に出ている自分の息子は藪入りなのに、こんな身に堕としている私に会いには来てくれないであろう」と嘆くのです。

蒟蒻閻魔（源覚寺）

〈誰れ白鬼とは名をつけし、無間（むげん）地獄のそこはかとなく景色づくり、何処（どこ）にからくりのあるとも見えねど、逆さ落しの血の池、借金の針の山に追ひのぼすも手の物ときくに、寄ってお出（い）でよと甘へる声も蛇くふ雉子（きぎす）と恐ろしくなりぬ、〉

ここからは銘酒屋で働く女性たちの世界が「地獄」であることがイメージされ、この女性たちの嘆きの声が、奈落の底から聞こえてくる呪いの声に聞こえてきます。こんにゃく閻魔では七月十六日に十二本の掛け軸をかけるのですが、それがみな地獄の図柄で、地獄の鬼たちが亡者をさんざん責めさいなんでいるものだそうです。その地獄図のイメージが銘酒屋の女性たちに重ね合わされているのです。

『にごりえ』は、明治二十八年九月発行の「文芸倶楽部」に掲載されましたので日清戦争（明治二十七年七月から翌二十八年四月まで）の戦後文学といえます。一葉の日記には日清戦争の記述はほとんど出てきませんが、覚え書きのようなメモが遺されています。

〈丁汝昌(ていじょしょう)が自殺はかたきなれどもいと哀なり、さばかりの豪傑をうしなひけんと思ふに、うとましきはたゝかひなり〉

メモに出てくる清国海軍の提督、丁汝昌は威海衛(いかいえい)の海戦で日本艦隊に完全に封鎖されますが、無駄な死者を出すまいと清国人民、陸海軍兵士、寄留人の助命を条件に服毒自殺をしました。そのメモの後に、次の歌が記されています。

〈中垣のとなりの花の散る見てもつらきは春のあらしなりけり〉

威海衛の海戦を春の嵐に喩えています。ここに表現されているのは、戦争というものに対する「嫌だ」という感覚です。

お力は、七月十六日の夜「一散に家を出て、……あゝ嫌だ嫌だ嫌だ」と言います。一葉は、戦争を起こし、女性たちを地獄の底に突き落としていく現実に対し、「嫌だ！」と叫んでいるように思えます。

こんにゃく閻魔（源覚寺）には、都営地下鉄「春日」駅から五分で行けます。

追記：こんにゃく閻魔は夏目漱石の『こころ』の下三十三に「十一月の寒い雨の降る日の事でした。私は外套を濡らして例の通り蒟蒻(こんにゃく)閻魔を抜けて細い坂道を上つて宅(うち)へ帰りました。」と出ており、先生とKの、伝通院そばにある下宿と大学との通学路になっていたことがわかります。

養昌寺（半井桃水(なからいとうすい)の墓）

半井桃水の墓

樋口一葉にちなんで、もう一つのお寺にご案内しましょう。ここ養昌寺には一葉の小説の師であり、想い人でもあった半井桃水のお墓があります。

半井桃水への想いが一番高ぶったのは、明治二十五年二月四日の「雪の日」ではないかと、その日記からうかがえます。前日、一葉は桃水へ「明日参らん」と葉書を出すのですが、この日、入れちがいに桃水からも「明日いらっしゃい」と葉書が来ます。

〈かく迄(まで)も心合ふことのあやしさよと一笑す。〉

恋ゆえの思いこみかもしれませんが、一葉の思いが伝わってきます。しかし、四日の日は「早朝より空もようわるく」「十時ごろより霙(みぞれ)まじりに雨」が降ってきます。それでも、

〈よし、雪にならばなれ、なじかはいとふべき〉

と、思い切って家を出た一葉ですが、雨は雪に変わります。

〈真砂町のあたりより、綿をちぎりたる様に、大きやかなるもこまかなるも小止(をやみ)なくなりぬ。〉

壱岐(いき)坂から人力車を雇い、九段坂を登るころにはもう道が白くなっています。やっと桃水のいる平河町に着くのは十二時過ぎ。しかし、声をかけても返事がありません。

〈雪はたゞ投ぐる様にふるに、風さへそひて格子の際(きは)より吹入るゝ、寒さもさむし。〉

耐え難くて一葉は障子を細めに明けて、玄関の二畳間に上がります。唐紙を隔てた向こうは桃水の寝室兼居間、耳をそばだてればかすかにいびきの声が聞こえます。いつまで待つのだろう、としわぶきなどすると、桃水はつとはね起きて襖を開き、寝間着姿を恥じて羽織を着て、「夕べは歌舞伎座で遊び、一時頃に帰宅して、それから今日の分の連載を書いていたので寝過ごしてしまいました。」と言い訳をします。そこで、桃水が言い出したのは、若手登竜門として新雑誌の創刊企画でした。自分の小説が活字になる、と一葉は喜んだのでしょう、すでに用意していた小説を桃水に渡します。

〈雪ふらずはいたく御馳走をなす筈(はず)なりしが、この雪にては画餅(がべい)に成りぬとて、手づからしるこをにてたまへり。〉

桃水は、おしるこを御馳走してくれるのです。そして、こんなどきっとすることを言い出すのです。

〈雪いや降りにふるを、今宵は電報を発して、こゝに一宿し給へ〉

一葉は、これを断って四時頃に桃水の家を出ます。一葉には、この訪問のことが忘れられない思い出となったのでしょう。翌年、明治二十六年の一月二十九日の日記に次のように記します。

〈暁より雪ふる。……芹沢帰宅ごろには五寸にも成りぬ。……夜いたう更けて、……
夜目ともいはずいとしるく見ゆるは、月に成ぬる成るべし。こゝら思ふことをみながら捨てゝ、有無（うむ）の境（さかひ）をはなれんと思ふ身に、猶（なほ）しのびがたきは此雪のけしき也。とざまかうざまに思ひつゞくるほど、胸のうち熱して堪（たへ）がたければ、やをらをりて雪をたなぞこにすくはんとすれば、我がかげ落てあり〳〵と見ゆ。〉

「此雪のけしき」に、桃水の家を訪ねた「雪の日」を重ねて見、庭に降りて雪を掬（すく）おうとするのです。そして、次の歌を詠みます。

〈降る雪にうもれもやらでみし人のおもかげうかぶ月ぞかなしき〉

樋口一葉の生き様を演劇化したものでは井上ひさしの『頭痛肩こり樋口一葉』が知られていますが、この桃水との関係にもひとつの焦点をあてて演劇化した永井愛の『書く女』を世田谷パブリックシアターで観ましたが、一葉役を寺島しのぶが好演し、この「雪の日」の場面も見事に演じていました。

駒込の養昌寺には大きな半井家の石塔があり、文京区教育委員の解説には、「共立学舎に学び明治二十一年東京朝日新聞社に入社して『天狗廻状』『胡砂吹く風』などの時代小説を著した。桃水は、樋口一葉の師として、また一葉の思慕の人としても知られている。」と記されています。

養昌寺は、地下鉄「本駒込」駅から徒歩五分の所にあります。

吉祥寺――「八百屋お七」『好色五人女』（井原西鶴）

養昌寺からは岩槻街道を挟んですぐ近くに、吉祥寺があります。吉祥寺は元はこの地にはなくて、室町後期に太田道灌が江戸城を築いた際に、現在の和田倉門近くの井戸から「吉祥」と書かれた金印を掘り当て、これを祀ったのが始まりとされています。徳川家康が江戸城に入り、城を拡張するために神田駿河台に移転を命じます、その時の表門は、現在の水道橋付近にあり、壮大な境内でした。

しかし、「振袖火事(ふりそで)」と呼ばれる明暦の大火（明暦三年、一六五七年）によって、吉祥寺は全焼してしまい、現在の駒込の地に移ります。現在の中央線の吉祥寺の町は、この寺の移転の際に神田駿河台の門前住人が、幕府によって寺とは別の武蔵野の地に移住させられて、新しく町を形成したことに始まります。吉祥寺といえば、栴檀林とよばれた曹洞宗の学寮があったことでも有名です。

さて、私が吉祥寺を紹介したいのは、井原西鶴の『好色五人女』の中の巻四「恋草からげし八百屋物語」に描かれている、「八百屋お七」の舞台だからです。物語は、天和二年（一六八二）歳末の江戸の町、激しく風の吹く十二月二十八日の夜半に大火が起こり、人々は火を避けて逃げまどうところから始まります。この天和二年というのは、日本で最初の公開図書館で、駒込学園の濫觴である勧学講院を了翁禅師が興した年ですが、了翁禅師は私財を投じて火事の被災民の救援に奔走します。「八百屋物語」は「お七」を次のように描きます。

〈ここに、本郷の辺りに、八百屋八兵衛とて売人、昔は俗姓賤しからず。この人ひとりの娘あり、名はお七といへり。年も十六、花は上野の盛り、月は墨田川の影清く、かかる美女のあるべきものか。都鳥その業平さまに、時代ちがひにて見せぬ事の口惜し。これに心を掛けざるはなし。〉

というほどの大変な美人です。そのお七も火事を逃れて、

〈この人、火元近づけば、母親につき添ひ、年頃頼みをかけし旦那寺、駒込の吉祥寺といへ

吉祥寺

るに行きて、当座の難をしのぎける。〉

と、吉祥寺に避難をするのです。その寺にいた上品な若衆吉三郎が左の人差し指にささった刺（とげ）を抜こうと苦心をしていました。それを抜いてあげようとお七が手を取って難儀を助けてあげると、吉三郎はお七の手をじっとにぎりしめます。その時以来お互い慕い合う仲となったのでした。

お七は吉三郎となんとかして会いたいと思うのですが、なかなかそのチャンスがありません。やっと翌年の一月十五日の夜半に「米屋の八左衛門が亡くなったので今夜中に野辺送りをしたい」と使いがあり、住職は大勢の法師を連れて出かけます。お七は今夜しかチャンスはないと、吉三郎のいるところへ忍び、吉三郎に「しがみ付き」「首筋に食ひつきける」と大変積極的です。

さて、お七と吉三郎、初めての情交の翌朝、次のような描写があります。

〈程なくあけぼの近く、谷中の鐘せはしく、吹上の榎の木朝風激しく……〉

この「谷中の鐘」とは、「谷中の感応寺」の明け六つを知らせる鐘のことですが、「感応寺」とは、駒込学園の現理事長、末廣照純先生が住職をなさっている「天王寺」のことです。まだ別れたくないとぐずぐずしていると、お七の母親が見つけてお七を引っ立てていってしまいます。吉三郎は「昔男（業平）の、鬼一口の雨の夜の心地」して、と『伊勢物語』六段「芥川」の話に重ねて、悲しみます。

さて、この後はみなさんもご存じのように、吉三郎への恋しさを募らせたお七は、吉祥寺に避難した火事騒ぎを思い出して、「またあのような火事になれば、吉三郎どのにお逢いできるだろう」という出来心から放火をしてしまうのが因果なことで、お七は品川の鈴ヶ森で火刑となってしまうのでした。しかし、私が西鶴の「恋草からげし八百屋物語」を読んでいて、何か明るいさばさばした印象を受けるのは、お七が自分の思いを果たすための行動力を持った女性に描かれているためだと思います。

お七の話は人形浄瑠璃『伊達娘恋緋鹿子（だてむすめこいのひがのこ）』や黙阿弥作の歌舞伎『松竹梅雪曙（しょうちくばいゆきのあけぼの）』などが上演されています。

「八百屋お七」のお墓は、文京区白山の天台宗のお寺、圓乗（えんじょう）寺にあります。

養源寺――『安井夫人』（森鷗外）『吾輩は猫である』の曾呂崎（夏目漱石）

養源寺

駒込学園の体育館側の隣にある、臨済宗妙心派のお寺、養源寺に足を運んでみましょう。

このお寺の開基は、春日局の息子稲葉正勝で、境内には稲葉正勝の古塔があります。このお寺には、江戸時代の儒学者、安井息軒のお墓もあります。というわけで、森鷗外の『安井夫人』をご紹介します。安井息軒、仲平は幼い頃疱瘡を患い、大痘痕になって右の目が潰れ、猿と渾名をつけられてからかわれます。大阪に修行に出て、倹約のために大豆を塩と醤油で煮ておいて、それを菜にしたのを「仲平豆」と名付けて食し、苦学しました。その後二十六歳で江戸に出て、昌平黌に入ります。痘痕があって、片目で、背の低い田舎書生は、ここでも同窓に馬鹿にされます。その頃、座右に貼っていた歌は、

〈今は音を忍が岡の時鳥いつか雲井のよそに名告らむ〉

「忍が岡」は、上野寛永寺の境内をいいました。元禄四年（一六九一）に湯島に移るまで、昌平黌の前身の林家の学問所弘文院があったので、掛詞として詠み込んだのです。「今にみていろ」という思いなのでしょう。そんな息軒のお嫁になるのが、川添家の佐代で、これが「安井夫人」です。

〈浦賀へ米艦が来て、天下多事の秋となったのは、仲平が四十八、お佐代さんが三十五の時である。大儒息軒先生として天下に名を知られた仲平は、ともすれば時勢の旋渦中に巻き込まれようとしてわずかに免れていた。……五十四の時藤田東湖と交わって、水戸景山公に知られた。〉

水戸景山公とは徳川斉昭のことです。「安井夫人」お佐代さんについては、

〈お佐代さんはどういう女であったか。美しい肌に粗服を纏って、質素な仲平に仕えつつ一生を終わった。〉

と書かれています。

森鷗外は文学者として偉人であり、私と出身が同県（島根県）で、住んでいた観潮楼が学園のすぐ近くの団子坂上にあることからも大変親近感を抱いていましたが、坂内正の著した『鷗外最大の悲劇』を読んでからは、鷗外への見方も変更させられました。NHKは「プロジェクトJAPAN」の一環として、莫大な制作費を投じて、司馬遼太郎の『坂の上の雲』のドラマを二〇〇九年末から足かけ三年の計画で放映を始め、〝健全なるナショナリズム〟（？）の鼓吹を意図しようとしていますが、このドラマで扱われる日露戦争に森林太郎は第二軍軍医部長として従軍しています。その前の日清戦争でも、森林太郎は中路兵站軍医部長に補せられ、続いて第二軍兵站軍医部長に任ぜられて出征しています。

問題は、陸軍の白米重視の兵食策のために多くの兵士が脚気になり、病死者を出したことです。日清戦争では、四万余人の脚気患者と四千余人の同病死者を、日露戦争では二五万余人の脚気患者と二万八千余人の同病死者を出しながら、陸軍は白米重視の兵食策を変えようとしませんでした。海軍軍医だった高木兼寛（慈恵医大の創設者）を中心に海軍は、脚気は栄養バランスに原因がありとして兵食改良をして脚気患者を減らしましたが、森林太郎は白米中心の陸軍兵食の優位性を主張し続けました。脚気の惨禍について森林太郎は重大な責任を負っているというべきでしょう。

安井息軒の墓

米山保三郎碑

森鷗外は『安井夫人』を始め、多くの歴史小説、考証史伝物を書いていますが、その中の『北条霞亭』で「霞亭」の死因が脚気だったのか脚気でなかったのかに異常に拘(こだわ)っているのは、脚気の原因についての森林太郎が固執した誤ちが関係していると思われます。

米山保三郎の墓碑銘について

ここ養源寺の安井息軒の墓の前には、漱石の親友米山保三郎の墓があります。漱石が建築家になるというのを、「今の日本の有様では君の思っているような美術的な建築を後代に残すなどということはとても不可能な話だ。それより文学をやれ、文学なら勉強次第で幾百年幾千年の後に伝えるべき大作も出来るじゃないか。」と米山保三郎から言われて、漱石は「こう云われてみると成程そうだと思われるので、また決心をしなおして、僕は文学をやることに定めたのである」（「落第」『中学文芸』明治三十九年六月）。それほどの影響を与えた人物です。

『吾輩は猫である』の中に「曾呂崎」として登場し、主人の苦沙弥先生は「例の曾呂崎の事だ。卒業して大学院へ這入って空間論と云う題目で研究していたが、余り勉強しすぎて腹膜炎で死んでしまった。曾呂崎はあれでも僕の親友なんだからな」と話し、「曾呂崎には一度でいいから電車に乗らしてやりたかった」と早逝した旧友を悼みます。

苦沙弥先生は、曾呂崎の墓碑銘を考えているといって、「天然居士（てんねんこじ）は空間を研究し、論語を読み、焼き芋を食い、鼻汁を垂らす人である」と書き始めます。主人は「天然居士」とは「僕がつけてやったんだ」と言っていますが、実は熱心に参禅していた米山保三郎が、鎌倉の円覚寺管長の今川洪川和尚から貰った居士号です。また、「焼き芋を食い、鼻水を垂らす」というのは、出典があり『碧巌録（へきがんろく）』（第三十四則）からの引用です。

養源寺にある実際の墓碑銘は、次のようになっています。

米山保三郎墓銘

文學士米山保三郎歿其友人持状来請銘墓予往為文科大學教授保三郎適
在學誼不可辞乃按状序之曰保三郎加賀金澤人父曰専造母石川氏其第二
子也生穎異好學年十六来東京経高等中學入文科大學修哲學既卒業乃入

大學院研究空間論不幸寢疾一月遂不起明治三十年五月二十九日也享年
二十有九未娶無子葬駒籠養源寺保三郎性剛直不拘乎物而其修業氣専思
深寢饋倶廃有所持雖死不枉夙攻和漢學旁通佛典其在中學研鑽英文學陟
猟獨佛學又精算数平素用心兆倫理道徳常懐魯論超居動作不離身事母孝
務慰籍其心日夕至膝下談其所學以為樂嘗遊鎌倉参洪川和尚室有所悟帰
勤母氏与偕講禅理故其歿也母氏當哀痛無極而夷然不動心人以為練修之
効云常語人曰學須向根本上著力究去究来……（略）

これは、漱石ではなく、保三郎の日本史と東洋哲学の恩師であった重野安繹（やすつぐ）（成斎）が書きました。

米山の訃報を漱石は熊本で聞きます。明治三十年五月二十九日。享年二十九歳。その年、六月八日に漱石は友人、斎藤阿具（あぐ）宛の手紙にこう書き記しました。

米山の不幸返す返す気の毒の至に存候文科の一英才を失ひ候事痛恨の極に御座候
同人如きは文科大学あつてより文科大学閉ずるまでまたとあるまじき大怪物に御座候
蟄龍（ちつりゅう）未だ雲雨を起さずして逝く碌（ろく）々の徒或は之をもつて轍鮒（てっぷ）に比せん残念

大久保純一郎は、『坊っちゃん』の「清」を保三郎に重ねてみていますが、私は『こころ』の「K」が思い浮かんでしまいます。

漱石は、保三郎の兄熊次郎から実弟の写真への揮毫（きごう）を懇望されて、俳句を書いています。

空に消ゆる鐸のひびきや春の塔

大観音（おおがんのん）（光源寺）——『三四郎』『こころ』夏目漱石

駒込学園の前の通りは、大観音（おおがんのん）通りといいます。「大観音」というのは、学園のすぐ隣の光源寺の観音様で、これは古く元禄十年（一六九七）に造立された十一面観音だったのですが、惜しくも昭和二十年三月の東京大空襲で消失してしまいました。しかし、平成五年に多くの人の寄進によって再建立されました。毎年七月九日と十日には「四万六千日ほおずき千成り市」が開かれ賑わっています。この「ほおずき市」には毎年、駒込学園和太鼓部も呼ばれて、演奏しています。『ひかりごけ』『司馬遷』を書いた作家武田泰淳は、白山上の浄土宗・潮泉寺の三男として生まれましたが、子供の頃によく大観音を訪れたことが、エッセイ「あぶない散歩」にかかれています。

〈肴町から電車通を横断して、左手に大観音（同じ宗派のその寺には、よく父親の命令でお使いに行った）を見て根津権現の坂道にかかる。〉

さて、この大観音はかつての漱石の家（現在、日本医大の敷地内に碑が建っています）からも近かったので漱石も訪れたに違いなく、『三四郎』と『こころ』の中に出てきます。『三四郎』では、三四郎と美禰子、広田先生、野々宮、よし子の五人で団子坂の菊人形を観に、西片町から行く途中で大観音の前を通りかかります。

光源寺

〈大観音の前に乞食が居る。額を地に擦り付けて、大きな声をのべつに出して、哀願を逞しうしてゐる。時々顔を上げると、額の所丈が砂で白くなつてゐる。誰も顧るものがない。五人も平気で行き過ぎた。〉

この後、何故「乞食」に銭をやらなかったかの議論になりますが、広田先生は「場所が悪いから

大観音

だ」「あまり人通りが多過ぎるから不可(いけ)ない。山の上の淋しい所で、あゝいふ男に逢つたら、誰でも遣る気になるんだよ」といいます。三四郎はこの議論を聴いて、「徳義上の観念」を傷つけられますが、自分より他の四人の方が「己に誠(まこと)である」と思い付きます。「場」の関係論について冷静に分析する彼らに三四郎は新鮮な驚きを覚えるのです。

さて、高校の現代文の教科書に必ずといっていいほど載せられる『こころ』に、この大観音が出てくるのをご存じでしょうか。下「先生と遺書」の二十に次のように出てきます。

〈最初の夏休みにKは国へ帰りませんでした。駒込のある寺の一間を借りて勉強するのだと云つてゐました。私が帰つて来たのは九月上旬でしたが、彼は果して大観音の傍(そば)の汚い寺

の中に閉ぢこもつてゐました。〉

そこを訪れた「先生」は、「何処迄数へて行つても終局」のない円い珠数を日に何遍も勘定しているという「K」を観るのです。印象的な場面です。その後「K」は養家に勘当されますが、その彼を「先生」は自分の下宿に招き一緒に住むことになることから『こころ』の悲劇は始まります。「K」の面倒をみようと「先生」が思ったのには、この珠数を数える「K」のことが頭から離れなかったことも大きいのではないかと、私は思います。

さて、この「大観音の傍の汚い寺」とはどこなのでしょう。漱石は『硝子戸の中』という随筆で、学生時代の友人を回想して次のように書いています。

〈私が高等学校にゐた頃、比較的親しく交際つた友達の中にOといふ人がゐた。其時分から余り多くの朋友を持たなかつた私には、自然Oと往来を繁くするような傾向があつた。私は大抵一週に一度位の割で彼を訪ねた。

……彼は貧生であつた。大観音の傍に間借をして自炊してゐた頃には、よく干鮭を焼いて侘びしい食卓に私を着かせた。〉

この「O」というのは太田達人のことで、漱石とは明治十六年成立学舎で同期となり、十七年に大学予備門に入学していますので、太田達人の学生時代を調べれば、その寺がどこなのかわかるかもしれません。いずれにせよ、漱石が大観音の傍で友人と共に食事をしていたということや、それから連想して書かれた「K」の籠もっていた場所などを思い描けば、より一層、漱石や『こころ』の世界を身近に感じることができるでしょう。

全生庵 ——『怪談牡丹燈籠(ぼたんどうろう)』(三遊亭円朝)

全生庵

駒込学園から北に向かい、団子坂を下りて不忍通りを渡って、上野の山に行く三崎(さんさき)坂を登っていくと左側に全生庵があります。ここには、『文七元結(ぶんしちもっとい)』『真景累ヶ淵(しんけいかさねがふち)』『牡丹燈籠』など今日も歌舞伎でも演じられる数々の名作を残した三遊亭円朝のお墓があります。

この三崎坂が出てくる落語『牡丹燈籠』は、中国明の時代の伝奇『剪燈新話(せんとうしんわ)』の中の「牡丹燈記」に由来したものですが、その構成と創意は原話を抜いていると言われています。

根津の清水谷に田畑や貸座敷を持ち、その上がりで生計を立てている浪人、萩原新三郎は、出入りの医者山本志丈に誘われて亀戸の臥龍梅にまいり、その帰りに飯島平左衛門の別荘に立ち寄ります。そこで見初めた飯島のお嬢さんお露のことが忘れられません。

しかし、山本志丈は、新三郎を訪ねてきて、「さて、飯島のお嬢様も、可哀そうに亡くなりましたよ。君に焦がれ死にしたということです。」と告げます。それからは新三郎は、お露の俗名を書いて仏壇に供え、毎日念仏三昧で暮らしていますが、まさに七月のお盆、十三夜の月を眺めていると、カラコンカラコンと駒下駄の音をさせて、牡丹芍薬のついた燈籠を下げた女中お米をつれたお露が来て、新三郎と契ります。両人の中は「漆の如く膠の如く」になるのです。

萩原の家で女の声がすると、店子の伴蔵は覗いてみてびっくり、ぞっと総毛立ちます。見れば、骨と皮ばかりの痩せた女が、新三郎にかじりついているではありませんか。伴蔵と白翁堂勇斎は新三郎を訪れ、このままでは「二十日待たないで死ぬ」と意見をします。

〈「先生、そんなら三崎へ行って調べてきましょう。」と、家を立ち出で、三崎へ参りて、女暮らしでこういう者はないかと段々尋ねましたが、一向に知れませんから、尋ねあぐんで帰りに、新幡随院を通り抜けようとすると、お堂の後に新墓がありまして、それに大きな角塔婆があって、その前に牡丹の花の綺麗な燈籠が雨ざらしになってありまして、……〉

新三郎は、お露と女中のお米は幽霊だということがわかり、新幡随院の良石（りょうせき）和尚になんとか死霊を退散させて欲しいとお願いし、もらってきた御札を家の四方八方に貼り、蚊帳をつってその中で陀羅尼（だらに）経を一生懸命読んでいると、

〈そのうち上野の夜の八ツの鐘がボーンと忍ヶ岡の池に響き、向ヶ岡の清水の流れる音がそよそよと聞え、山に当る秋風の音ばかりで、陰々寂寞（せきばく）世間がしんとすると、いつもに変わらず根津の清水の下（もと）から駒下駄の音高くカランコロンカランコロンとするから、新三郎は心のうちで、ソラ来たと小さくかたまり、額から腮（あご）へかけて膏汗（あぶら）を流し、……〉

円朝の墓

お露とお米は新三郎の家に入ることができません。その後、物語は複雑に展開していって、大変おもしろいお話です。五代目志ん生、六代目圓生も得意としてよく演（や）ったのですが、私は富山県の利賀でやった演劇フェスティバルの中で、「山の

手事情社」という劇団が演った『牡丹燈籠』をおもしろく観た記憶があります。

新幡随院は現在はなくて、朝日湯という銭湯になっています。戦前までここに新幡随院法住寺があって、「牡丹燈籠」を芝居にかけるときは、六代目菊五郎などもお参りに来たということです。

三遊亭円朝

全生庵では、毎年八月に「円朝まつり」が催され、本堂で落語が演られます。また、全生庵は円山応挙の作品を始めたくさんの幽霊画を所蔵していますが、この期間に一般公開します。全生庵の幽霊画は「ちくま学芸文庫」に『幽霊名画集　全生庵蔵・三遊亭円朝コレクション』としてまとめられていますが、やはり生の作品を観た方がいいと思います。

散 策 マ ッ プ

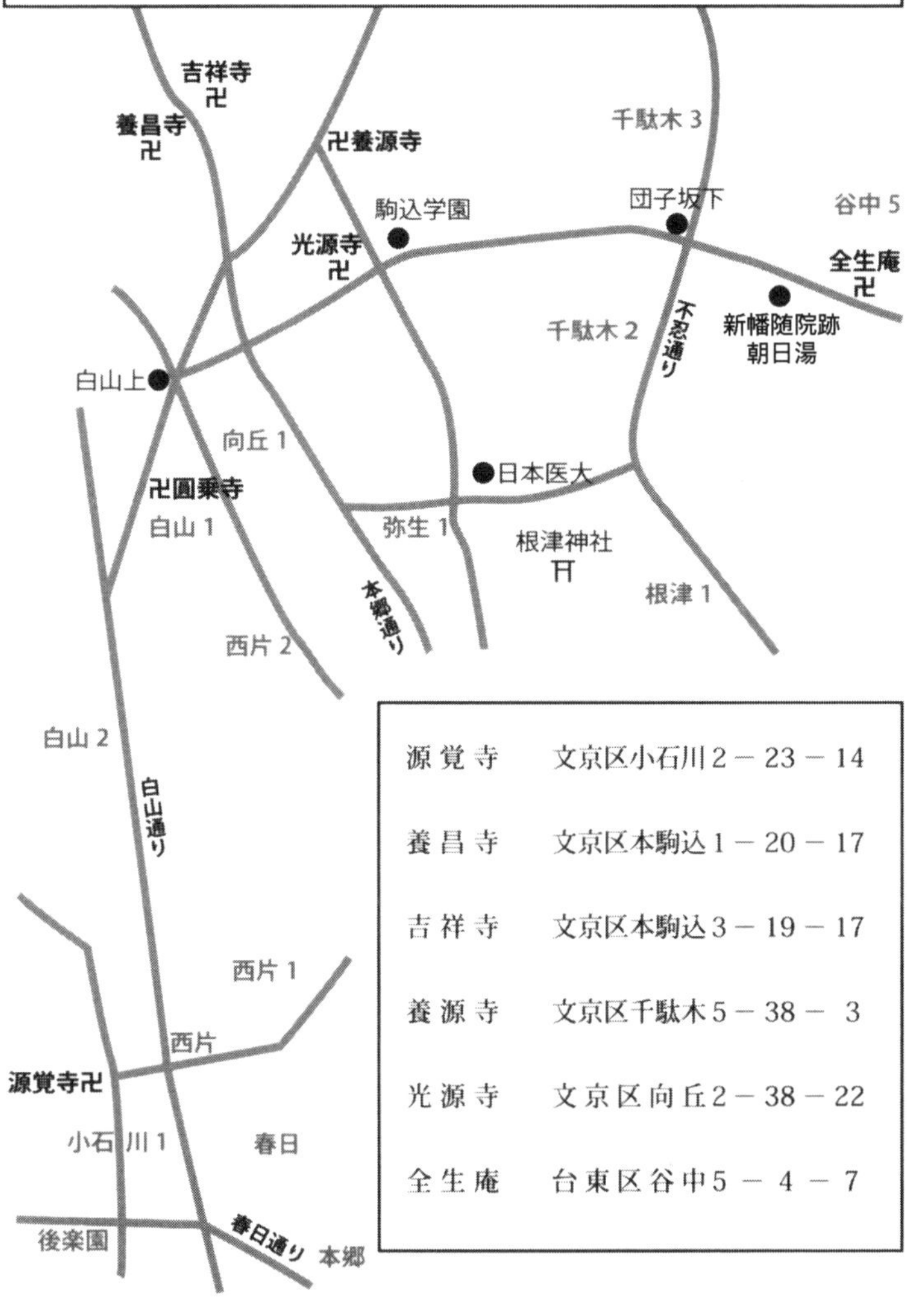

源 覚 寺	文京区小石川 2 － 23 － 14
養 昌 寺	文京区本駒込 1 － 20 － 17
吉 祥 寺	文京区本駒込 3 － 19 － 17
養 源 寺	文京区千駄木 5 － 38 － 3
光 源 寺	文 京 区 向 丘 2 － 38 － 22
全 生 庵	台 東 区 谷 中 5 － 4 － 7

『団子坂』物語

私は一九七七年に駒込学園に国語教師として奉職して以来、徒に馬齢を重ねてきたわけだが、その間学園に通う日は毎日、団子坂を登り下りしていたわけで、まあ私の人生の過半は団子坂とともにあった。団子坂は明治以来、多くの作家が登り下りし、文学作品にも取り上げてきた。そこで、私の第二の心の故郷ともいえる団子坂への思いを、『団子坂』物語と称して、「団子坂にまつわる文学、文学者たちの物語」という形で表そう。

団子坂という坂の名前の由来について、坂の途中の文京区教育委員会の看板には次のように書かれている。

『潮見坂、千駄木坂、七面坂の別名がある。「千駄木坂は千駄木御林跡の側、千駄木町にあり、里俗団子坂と唱ふ云々」(御府内備考)

「団子坂」の由来は、坂近く団子屋があったともいい、悪路のため転ぶと団子のようになるからともいわれている。また「御府内備考」に七面堂が坂下にあるとの記事があり、ここから「七面坂」の名が生まれた。「潮見坂」は坂上から東京湾の入江が望見できたためと伝えられている。幕末から明治末にかけて菊人形の小屋が並び、明治四十年頃が最盛期であった。』

団子坂

坂の途中の看板

二人の夏子――伊藤夏子と樋口一葉（夏子）

二〇一〇年の十一月二十三日、私は文京区本郷の東大赤門の前にある法真寺を訪れた。毎年、一葉の命日の十一月二十三日に行われる一葉忌に参加するためである。本堂での法要の後、講演（第一回の瀬戸内晴美から以降、井上ひさし、前田愛、などの文学者、評論家らの話）と幸田弘子の朗読が行われる。今回は、領家髙子の講演と「にごりえ」の朗読であった。幸田弘子の朗読は、一気に明治の白山新開地「にごりえ」の世界に引き込む力があり、すばらしいものであった。

なぜ、法真寺で一葉忌が行われるのかというと、明治九年四月に、樋口家はこの寺の東隣に越してきて、一葉は四歳から九歳までの幼少時代を過ごし、『ゆく雲』の中に、

〈腰（こし）ごろもの観音さま濡（ぬ）れ仏にておはします御（おん）肩のあたり膝のあたり、はらはらと花散りこぼれて前に供へし樒（しきみ）の枝につもれるもをかしく、……〉

と描いた「腰衣の観音さま」とはこの法真寺にある観音さまのことで、いわゆる「桜木の宿」時代の一葉所縁のお寺だからである。昭和五十五年、法真寺の先代の住職・伊川浩永さんを会

法真寺腰衣観音

法真寺

長に地元本郷五丁目町会の人々が、初回の一葉忌を開いてから、昨年で三十一回めになる。ところで、一葉忌を中心になって始められた伊川浩永さんは駒込学園の卒業生である。同窓会名簿を見ると、第十四回（昭和十六年三月卒業）卒業生の名簿に載っている。同期に、本校七代校長の神達裔純先生の名前がある。駒込学園と所縁のあるお寺でもあるのだ。

法真寺を訪れた際に、応対していただいた方がアメリカから来られた女性で、私は失礼にも「このお寺をお手伝いされているのですか。」と訊いたところ、「いえ、住職の家内です。」というご返事だった。現二十二世住職の伊川浩史さんの奥さんなのであった。アメリカの大学で教わった先生が樋口一葉の研究をしている（『たけくらべ』の英訳もされている）というお話を聞くと、どうもお二人は〝一葉〟のとりもったご縁と推察される。

ところで、ここまで読まれた方は、団子坂が出てこないことを訝るであろう。一葉が安藤坂の途中にある、中島歌子の歌塾「萩の舎」に入門し、稽古に通っていたことはご存じだろうが、「萩の舎」門人は、皇族、鍋島家をはじめ華族の子女、三井家らの豪商などが名を連ねている中で、一葉が親しく交わったのは、平民の娘である田中みの子と伊東夏子で、「平民三人組」と称していつも一緒だった。その伊東夏子の家が団子坂にあったのである。

伊東夏子は、代々徳川家のお鷹の飼鳥御用を勤めていた日本橋小田原にあった鳥問屋東国屋の娘で、母と二人で団子坂で暮らしていた。伊東夏子は、一葉と過ごした日々を次のように回想している。

〈中島歌子先生の門下の中でも、一葉女史と田中みの子さんと私の三人は、ほんたうに特別に仲よくしてをりました。一葉女史は下谷の御徒町、田中さんは谷中、私は団子坂、住んでゐる方面が同じでしたから、自然に三人が往き来するやうになつたのでせう。……一葉女史も明治五年生れなら、私も明治五年生れの同い歳、名前も二人とも同じ夏子——その同じ夏子を区別するために、樋口さんはヒ夏ちやん、伊東姓の私はイ夏ちやんと呼ばれてゐましたが、さういふ事情も手伝ひまして、中島師匠のところへ入門した早々から心易くなり、一葉女史が私の家へたびたび泊りに見えました。

それにこの三人は無位無官の平民の娘で、（もつとも樋口さんは士族の娘でしたが）中島師匠のお弟子は、華族とか勅任といふやうなお歴々のお嬢さん方が多かつたものでございますから、平民の私ども三人は、……自然に三人がお喋べりをしたりして、特に親しくなつたわけでございます。〉

（「わが友樋口一葉のこと」『婦人朝日』昭和十六年九月号）

というわけで、一葉は団子坂に度々足を運んだものと思われる。

さて、一葉の日記、明治二十七年六月四日、妹邦子と共に谷中天王寺（現理事長末廣照純先生が住職をなさっている）に墓参をした帰り、団子坂を通って帰宅していく様子が書かれているので、紹介しておこう。

〈四日　はれ。午後（ひるすぎ）より小石川亡老君（なきろうくん）の墓参をなす。天王寺也。きのふ三年の祭成しを得ゆかざりしかば、邦子と共に参る也。墓前に花を奉り、静に首（かうべ）をあげてあたりをみれば、何方（いづく）より来にけん、小蝶二つ花の露をすひ、石面（せきめん）にうつり、とかくさりやらぬさま、哀れにもさびし。邦子としばしこゝにかたりて、それより寺内を逍（せう）ゑうす。雲井辰雄の碑文（いしぶみ）などをみる。夕日のかげくらく成（なる）ほど、雨雲さへおこりたちて空の色の物すさまじきに、そゝやといそぐ。団子坂より藪下（やぶした）を過ぎて、根津神社の坂にかゝる。……〉

（「水の上日記」）

墓参の様子が眼に浮かぶようである。

ついでながら、一葉の日記の、

〈日暮れて後、母君と共に薬師に参詣す。〉（明治二十四年十月八日）

にある「薬師」とは、本校第三代校長真泉光穎先生が住職を務められ、そのお孫さんの元本校国語科教諭真泉光宏先生が現住職の「本郷薬師」のことである。

もう一つ、『たけくらべ』で、鼻緒をすげるための縮緬の布を、美登利がなかなか信如に手渡せないという有名な場面に活かされた出来事を書いた日記がある。

〈向ヶ岡弥生町の坂にて、若き書生のまだ十七、八なると、十四計なると、菊の鉢植をわら縄にて結ひて下て来たりしに、其縄切れて行なやみたれば、おのれがしめたる絹紐取てあたえんとしたる事。其折来かゝりたる大学の生徒のあやしげに見たる事。其書生が振舞の事。……〉

（明治二十四年十一月八日）

ここでは、鼻緒でなく菊の鉢植を運ぶために縄が切れているのに遭遇して、一葉は絹紐を与えたわけだ。この菊の鉢植を、書生は団子坂にあった植木屋で買ったものと考えられる。

この当時、団子坂、千駄木には植木屋が多く、秋には菊人形の小屋が並び賑わった。菊人形は文化五年（一八〇八）に麻布狸穴に始まったが、まもなく巣鴨一帯に盛んになり、安政三年（一八五六）からは団子坂に「植梅」（植木屋）が忠臣蔵の名場面を出して大当たりとなった。維新直後は中絶したが、明治八年に再興し、木戸銭を取って、当たり狂言などの菊細工によって全盛となり、明治四十年頃までは、秋の東京の名物となった。しかし、名古屋の光華園が東京に進出し、国技館を使って電気仕掛けの菊人形を見せ、また浅草に花屋敷ができてここでも菊人形をやるようになると、電気の通じていない団子坂は観客をとられ明治四十二年（一九〇九）に「植惣」、「植重」、翌年には「植梅」、「種半」とつづいて菊人形の小屋を廃止するに至った。

〈自来也（じらいや）もがまも枯れたり団子坂　子規〉

と、蝦蟇（がま）の妖術を使う義賊自来也の菊人形が枯れてしまった様子を正岡子規は詠んでいる。

明治30年頃の団子坂菊人形スケッチ

菊人形……『浮　雲』　二葉亭四迷
『三四郎』　夏目　漱石

団子坂の菊人形が初めて文学作品に取り上げられるのは、明治二十年から二十二年にかけて上梓され、二葉亭四迷によって言文一致体で書かれた我が国最初の近代小説『浮雲』である。第二篇　第七回「団子坂の観菊」から、

〈午後はチト風が出たがますます上天気、殊には日曜と云うので団子坂近傍は花観る人が道去り敢えぬばかり。イヤ出たぞ出たぞ、束髪も出た島田も出た、銀杏返しも出た丸髷も出た、蝶々髷も出たおケシも出た。……ナッカなか以て一々枚挙するに遑あらずで、それにこの辺は道幅が狭隘ので尚お一段と雑沓する。そのまた中を合乗で乗切る心無し奴も有難の君が代に、その日活計の土地の者が摺附木の函を張りながら、往来の花観る人をのみ眺めて遂に真の花を観ずにしまうかと、おもえば実に浮世はいろいろさまざま。

さてまた団子坂の景況は、例の招牌から釣込む植木屋は家々の招きの旗幟を翩翻と金風に飄し、木戸々々で客を呼ぶ声は彼此からみ合て乱合て、入我我入でメッチャラコ、唯逆上ッた木戸番の口だらけにした面が見える而已で、何時見ても変ッた事もなし。中へ這入ッて見てもやはりその通りで。〉

しかし、この観菊には主人公内海文三は出かけていない。某省で官吏として働いていたのに、免職となり、とても観菊に出かける気分ではない。

〈文三は拓落失路（たくらくしつろ）の人、仲々以て観菊などという空（そら）は無い。それに昇は花で言えば今を春辺（はるべ）と咲誇る桜の身、此方（こっち）は日蔭（ひかげ）の枯尾花、……嬉しそうに人のそわつくを見るに付け聞くに付け、……嘆息もする、面白くも無い。〉

同僚本田昇は処世術に長けた男、その昇と、文三が思いを寄せているお勢とその母親が着飾って観菊に出かけるのを見て、文三は面白くなく、部屋で鬱々としている。華やかな観菊の様子と文三の内面が対照的に描かれていて、「団子坂の観菊」が効果を上げている。

さて、団子坂の菊人形が登場することで有名なのは、『浮雲』から二十年ほど後、東京、大阪の両「朝日新聞」に、明治四十一年（一九〇八）の九月一日から十二月二十九日まで全百十七回にわたって連載された、夏目漱石の『三四郎』である。団子坂の菊人形の賑わいは明治四十年頃までで、それ以降寂れていくことを考えると、末期の菊人形の様子が描かれていることになる。

〈坂の上から見ると、坂は曲がっている。刀の切先の様である。幅は無論狭い。右側の二階建が左側の高い小屋の前を半分遮っている。その後には又高い幟が何本となく立ててある。人は急に谷底へ落ち込む様に思われる。その落ち込むものが、這い上がるものと入り乱れて、路一杯に塞がっているから、谷の底にあたる所は幅をつくして異様に動く。見ていると眼が疲れるほどに不規則に蠢いている。広田先生はこの坂の上に立って、「これは大変だ」と、さも帰りたそうである。四人はあとから先生を推す様にして、谷へ這入った。その谷が途中からだらだらと向へ廻り込む所に、右にも左にも、大きな葭簀掛の小屋を、狭い両側から高く構えたので、空さえ存外窮屈に見える。往来は暗くなるまで込み合っている。その中で木戸番が出来るだけ大きな声を出す。「人間から出る声じゃない。菊人形から出る声だ」と広田先生が評した。それ程彼らの声は尋常を離れている。

一行は左の小屋へ這入った。曾我の討入がある。五郎も十郎も頼朝もみな平等に菊の着物を着ている。……これも人形の心に、菊を一面に這わせて、花と葉が平に隙間なく衣装の恰好となる様に作ったものである。〉

この後、先に小屋を出た美禰子を三四郎が追いついて、

〈「どうかしましたか」……「此処は何処でしょう」「此彼へ行くと谷中の天王寺の方へ出て

しまいます。帰り路とはまるで反対です」「そう。私心持ちが悪くって……」……谷中と千駄木が谷で出逢うと、一番低い所に小川が流れている。この小川を沿うて、町を左りへ切れるとすぐ野に出る。〉

この小川は、藍染川（あいぞめ）である。今は埋め立てられていて、西日暮里に向かう道は夜店通りになり、根津の方に向かう道は蛇道（へび）となっている。美禰子（みね）と三四郎は藍染川に沿って歩き、唐辛子を干した藁屋根の農家や、河上で大根を洗っている百姓が見えるあたりまで来て、小川の縁の草の上に腰をおろす。そこで美禰子があの謎めいた言葉「迷える子（ストレイシープ）」を発する。この言葉の意味をどう解釈するかについては、多くの研究、批評がさまざまな見解を出している。小森陽一は「漱石の女たち――妹たちの系譜」の中で、里見家の富裕な経済状態は、あくまで家督を相続した兄里見恭介が所有しており、恭介が結婚をするとき、「小姑」になるしかない美禰子は、この家を出て行くしかなく、彼女自身が「一家」からはじき出された「身なし子」「迷子」であることを論述していて、おもしろい。

学者らが多く住む西片を中心とした本郷文化圏から団子坂を境界として放り出された「迷子」と読み解いてはどうだろうか。

この「ストレイ・シープ」を使って、森鷗外が男女が団子坂で会話をするという作品を残している。その名もすばり『団子坂』。

〈男。三四郎が何とかいふ綺麗なお嬢さんと此所から曲がったのです。
女。えゝ。Stray sheep!
男。Sheepなら好いが僕なんぞはどうかすると、Wolfになりそうです。
女。（笑ふ。）あなたのやうな　Wolfなんか剛かありませんわ。〉

さて、森鷗外といえば団子坂上にあった観潮楼と名付けられた鷗外の住まいにふれないではすまされまい。

観潮楼——森鷗外

観潮楼とそこからの眺めについては、永井荷風が随筆『日和下駄』の中で、美しく描いているので、そちらに譲ろう。

〈根津権現の方から団子坂の上へと通ずる一条の路がある。私は東京中の往来の中で、この道ほど興味のある処はないと思っている。片側は樹と竹藪に蔽われて昼なお暗く、片側はわが歩む道さえ崩れ落ちはせぬかと危まれるばかり、足下を覗くと崖の中腹に生えた樹木の梢を透（すか）して谷底のような低い処にある人家の屋根が小さく見える。されば向は一面に遮るものなき大空かぎりもなく広々として、自由に浮雲の定めなき行衛（ゆくえ）をも見極められる。左手には上野谷中に連る森黒く、右手には神田下谷浅草にかけての市街が一目に見晴され其処（そこ）より起る雑然たる巷の物音が距離のために柔げられて、かのヴェルレエヌが詩に、

　かの平和なる物のひびきは
　街より来る……

といったような心持を起させる。

当代の碩（せき）学森鷗外先生の屋舗（やしき）はこの道のほとり、団子坂の頂に出ようとする処にある。二階の欄干に彳（たたず）むと市中の屋根を越して遙に海が見えるとやら、然るが故に先生はこの楼を観潮楼と名付けられたのだと私は聞伝えている。……一際高く漂い来る木犀の匂と共に、上野の鐘声は残暑を払う涼しい夕風に吹き送られ、明放した観潮

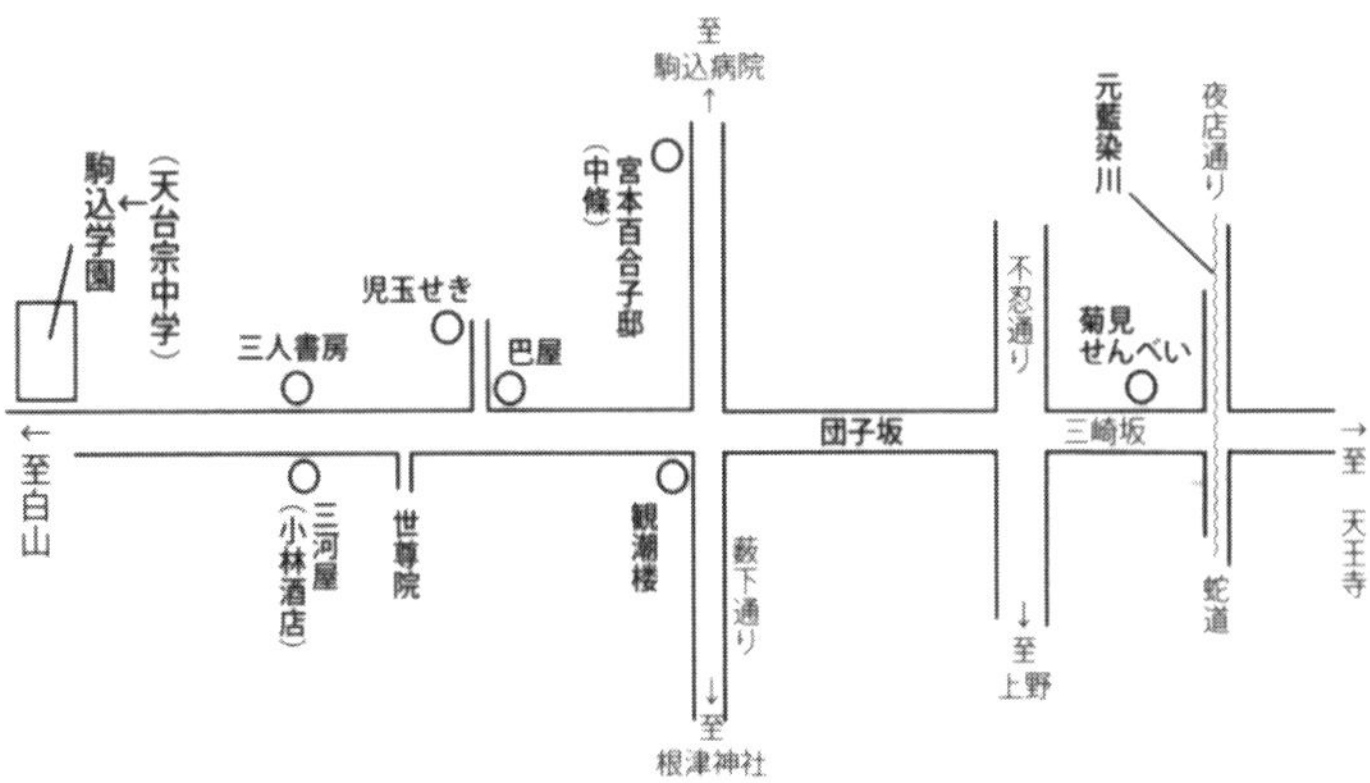

楼上に唯一人、主人を待つ間の私を驚かしたのである。
私は振返って音する方を眺めた。千駄木の崖上から見る彼の広漠たる市中の眺望は、今しも蒼然たる暮靄に包まれ一面に烟り渡った底から、数知れぬ燈火を輝し、雲の如き上野谷中の森の上には淡い黄昏の微光をば夢のように残していた。〉

鷗外は、いつ観潮楼に移り住んだのであろうか。明治二十五年（一八九二）一月十八日、三十一歳の鷗外、森林太郎は団子坂上の本郷区駒込千駄木町二十一番地の宅地を買い、新築の工事を起こした。そこには、すでに古家が建っていた。

〈此家は香以に縁故のある家で、それを見出したのは当時存命してゐたわたくしの父である。父は千住で医業をしてゐたが、それを廃めてわたくしと同居しようとおもつた。そして日々家を捜して歩いた。その時此家は眺望の好い家として父の目に止まつた。〉

〈崖の上は向岡から王子に連る丘陵である。そして崖の下の畠や水田を隔てて、上野の山と相対してゐる。彼小家の前に立つて望めば、右手に上野の山の端が見え、此の端と忍岡との間が豁然として開けて、そこは遠く地平線に接する人家の海である。今のわたくしの家の楼上から、浜離宮の木立の上を走る品川沖の白帆の見えるのは、此方角である。〉（「細木香以」）

品川沖の白帆を観ることができたのだ。明治二十五年二月四日の親友賀古鶴所（かこつるど）宛書簡に、

〈比三十一日にいよいよたんこ坂上に引こしまゐり候千駄木二十一番地也今日の雪景色尤（もっとも）好し御招申度候へども夜になりては詮なかるべしと存候〉

とある。

三月二十六日には谷中の和尚こと幸田露伴が新居を訪れている。その後、鷗外は大正十一年七月九日で亡くなるまで三十年間ここに住んだ。その間、「観潮楼歌会」に与謝野鉄幹、石川啄木、北原白秋、斎藤茂吉などが参加した他、多くの文人らが訪れた。この観潮楼の後には「鷗外記念本郷図書館」が建ち、門柱の敷石と庭（「三人冗語の石」もある）が保存され、記念室もあって見学できていたが、平成二十四年に、鷗外の作品『青年』の中にも、団子坂の菊人形が出てくるので、紹介しよう。

〈四辻を右へ坂を降りると右も左も菊細工の小屋

観潮楼前の森鷗外（大正４年、53 歳）

である。国の芝居の木戸番のように、高い台の上に胡坐をかいた、人買か巾着切りのような男が、どの小屋の前にもいて、手に手に絵番附のようなものを持っているのを、往来の人に押し付けるようにして、うるさく見物を勧める。まだ朝早いので、通る人が少い処へ、純一が通り掛かったのだから、道の両側から純一一人を的にして勧めるのである。外から見えるようにしてある人形を見ようと思っても、純一は足を留めて見ることが出来ない。そこで覚えず足を早めて通り抜けて、右手の広い町へ曲った。〉

世尊院

『青年』は明治四十三年から四十四年にかけて雑誌『スバル』に掲載されたが、二年前に発表された漱石の『三四郎』に「伎癢を感じて」書いた。『青年』には、次のような場面がある。

〈大村がこう云って、詞を切ったとき、二人は往来から引っ込めて立てた門のある、世尊院の前を歩いていた。寒そうな振もせずに、一群の子供が、門前の空地で、鬼ごっこをしている。〉

ここに出てくる「世尊院」とは、駒込学園の元理事長波母山堯信先生が住職をなさっていたお寺である。

さて、以前玉蘭祭でお話ししていただいたこともある「谷根千工房」の森まゆみさんの『鷗外の坂』によれば、鷗外の名作『雁』の「お玉」のモデルは「児玉せき」だという。観潮楼に越してから、明治三十五年に第二の妻荒木しげを娶(めと)るまでの九年から十年の間、鷗外とつきあいのあった女性で、鷗外はもちろん弟妹の森潤三郎、小金井喜美子もこの女性を闇に葬っている。その存在にふれたのは鷗外の長子於菟(おと)が初めてで、「鷗外の隠し妻」として書いている。この児玉せきは、団子坂上の蕎麦屋「巴屋」の斜め前に住んでいたということだ。観潮楼と目と鼻の先ではないか。『雁』の末造の家と無縁坂のお玉の家までが二、三丁なら、観潮楼と児玉せきの家が二、三丁と離れていないという関係も似ていると森さんは指摘している。

青鞜社(せいとうしゃ)発祥の地――平塚らいてうと森田草平

世尊院の向かい側、今では旧NTT跡地にがマンションの建っている植え込みの所に「青鞜社」発祥の地という文京区の看板がある。そこには、次のような解説が書かれている。

青鞜社は、平塚らいてう（雷鳥・一八八六～一九七一）の首唱で、木内錠子（ていこ）・物集（もずめ）和子・、保持研子（やすもちよしこ）・中野初子ら二十代の女性五人が発起人となり、一九一一年（明治四十四）六月一日に結成された。事務所はここ旧駒込林町九番地の物集和子宅におかれ、その裏門に「青鞜社」と墨で書かれた白木の表札が掲げられた。

月刊「青鞜」の創刊号は明治四十四年九月に発刊された。雷鳥の発刊の辞「元始、女性は実に太陽であった」は有名で、女性たちの指針となった。表紙絵は後に高村光太郎と結婚した長沼ちゑの作である。

青鞜社は初め詩歌が中心の女流文学集団であったが、後に伊藤野枝（のえ）が中心になると、婦人解放運動に発展していった。事務所はその後四ヶ所移り、「青鞜」は一九一六年（大正五）二月号で廃刊となった。

——郷土愛をはぐくむ文京区——

文京区教育委員会　平成八年三月

『青鞜社創刊号』

「『青鞜社』発祥の地」という看板

ここは、物集和子の父、国文学者の物集高見の邸であり、当時は樹木に囲まれた広大な屋敷だったそうだ。平塚らいてうの父は会計検査院に勤める高級官僚で、家は駒込曙町（現在の文京区本駒込）にあった。物集和子の姉に、外交官と結婚した小説家大倉燁子（てる）がいて、漱石に師事したことから、『三四郎』の美禰子のモデルといわれる平塚らいてうのことは、大倉燁子から聞いたのではないかと私は推測している。創刊時の賛助会員には、与謝野晶子、森鷗外の妻しげ、妹の小金井喜美子、国木田独歩の妻治子らが名を連ねている。

青鞜社を立ち上げる明治四十四年の三年前の、明治四十一年の三月に平塚らいてうは漱石の弟子森田草平と那須塩原で心中未遂事件を起こしている。所謂（いわゆる）「煤煙事件」である。その森田草平が、駒込学園の前身、天台宗中学で英語を教えていた、ということを、同僚の広田和人先生から教えてもらった。夏目漱石の紹介である。

先生が京都へ遊ばれる前、匆々の間に、私は先生から招ばれ、駒込の天台宗中学に英語の教師の口があるから行かないかと勧められた。何でも私より一年前の先輩松浦一氏が同じ天台宗の大学林の方へ出てをられ、中学林の方の口が明いたからといふので、先生の許（もと）へ持込まれたのださうである。一週六時間、一箇月に二十六七時間出席して、月額二十円の報酬といふことであつた。喰つては行かれないが、当座の足場にはなる。私はすぐに松浦氏を牛込天神町に訪ね、その紹介で、四月の初旬から駒込大観音の脇にあつた天台宗の中学林へ勤めることになつた。これが抑も私が東京で職業らしい職業に有りついた最初だから、月給が少ないなぞとは云つてゐられない。

　ところで、行つて見ると、学校は駒込蓬莱町から這入つた団子坂の通りの、先生の元の千駄木のお宅を真直に北へ行つた街の角にあつて、土地も閑静な上に、校庭も広く、生徒も大学林と一緒の校舎ではあつたが、せいぜい悉皆で二百名足らずの少数であつたから、全体が極めてのんびりしてゐた。で、もしこんな所に勤めて行かれたら、たとひ報酬は少なくとも、何んなに幸福だらうと思つた。のみならず、大勢を前にして教壇に立つといふことも、私には初めての経験であつたから、好かれ悪しかれ、授業には最初から張り切つてゐた。……生徒の名簿を呼び上げると、壬生だとか、醍醐だとか、勧修寺だとか、いづれもお公家様のやうな姓名を列ねてゐるのには驚いた。そして、それが大抵は貰はれッ子だと聞いて、一層驚いた。なほ教員室へ戻ると、権少都だとか何とかいふやうな、厳めかし僧官の附いた先生方が揃つてゐて、それが又いづれも慇懃で、言葉遣ひなどの恭々しく鄭重なのには面喰つた。……いづれにしても、かういふ格式張つた所で、俺のやうな不作法者が永く勤めてゐられるかどうかと、いささか不安な予感を覚えないでもなかつたが、兎に角一学期だけは無事に勤めた。そして、生徒にだけは好感を持たれてゐたと付け加へて置いてもよからう。

（『続　夏目漱石』森田草平）

どうも、一学期で辞めたようだ。漱石が京都へ遊ぶのは、一高と東京帝大の講師を辞めて、朝日新聞専属作家となる明治四十年のことである。ということは、心中未遂事件の前年である。二人が出会うのは、同年六月に開校された生田長江（ちょうこう）と森田草平の主宰する「閨秀（けいしゅう）文学会」でである。森田草平が講師で、平塚らいてうが生徒である。六月といふことは、天台宗中学の教師時代にらいてうとの出会いがあったということではないだろうか。

青鞜社の活動を担っていく、尾竹紅吉、伊藤野枝、岩野清（岩野泡鳴の妻）、野上弥生子らのことは、かつて地域雑誌『谷根千』を運営した森まゆみさんの『「青鞜」の冒険』に詳しい。

その『「青鞜」の冒険』を読んで、刺激を受けて劇にした二兎社の永井愛さんの『私たちは何も知らない』を東京芸術劇場のシアターウエストで観た。らいてうはもちろん、奥村博、伊藤野枝、尾竹紅吉、岩野清、保持研（やすもちよし）らが現代に蘇ったように感じた。

さてその本の中で、大正二年二月号が発禁処分を受ける経緯（いきさつ）が次のように書かれている。

この号は、付録巻頭の福田英（ひで）「婦人問題の解決」によってすぐさま発禁処分を受ける。内容は問題があるとも思えない。しかし明治の自由民権運動を闘い「東洋のジャンヌ・ダルク」といわれた福田英という名そのものが当局のめざわりであったのだろう。

福田英も忘れられた思想家だが、私が高校生のころは村田静子氏による『福田英子』を愛読したものだった。幕末、岡山の武士の家に生まれ、若くして教育者となり、十代で朝鮮改革運動に参画し爆発物運搬に協力、いわゆる大阪事件（一八八五年）で投獄される。「東洋のジャンヌ・ダルク」をいわれ、大井憲太郎とのあいだに一子をもうけたのち、万朝報記者福田友作と結婚して三人の子を産み、離婚後、十一歳下の石川三四郎と恋愛、幸徳秋水らの平民社に加わる。大逆事件には連座せず、石川、安部磯雄らと『世界婦人』を発刊、主筆となる。

岩波新書・青本の『福田英子』の著者村田静子氏は、私の大学時代からの友人山口わかばさんの母堂である。

『D坂の殺人事件』――江戸川乱歩

江戸川乱歩は、大正十四年（一九二五）、『新青年』一月号に、明智小五郎探偵が登場する『D坂の殺人事件』、二月号に『心理試験』を発表し、職業作家となることを決意する。『D坂の殺人事件』は、密室殺人事件を扱った日本の推理小説のはしりで、日本の開放的な家屋では密室殺人事件など書けない、という偏見を作品によって打破しようとした意欲作である。江戸川乱歩はむろんペンネームで、推理小説の祖といわれるエドガー・アラン・ポーをもじったものだ。『D坂の殺人事件』にも、ポーの『モルグ街の殺人』が取り上げられている。さて「D坂」とは、団子坂のことである。事件は次の場面から語られ始める。

〈さて、この白梅軒のあるD坂というのは、以前菊人形の名所だったところで、狭かった通りが市区改正で取り拡げられ、何間道路とかいう大通りになって間もなくだから、まだ大通りの両側に所々空地などもあって、今よりはずっと淋しかった時分の話だ。大通りを越して白梅軒の丁度真向うに、一軒の古本屋がある。実は私は、先程から、その店先を眺めていたのだ。みすぼらしい場末(ばすえ)の古本屋で、別段眺める程の景色でもないのだが、私には一寸特別の興味があった。というのは、私が近頃この白梅軒で知合いになった一人の妙な男があって、名前は明智小五郎(あけちこごろう)というのだが、話をしてみると如何(いか)にも変わり者で、それが頭がよさそうで、私の惚れ込んだことには、探偵小説好きなのだが……〉

小説は、この古本屋の細君が殺害され、その犯人を明智小五郎が見事に当てていくというふうに展開していく。

この小説の舞台、団子坂の上に、大正八年二月、江戸川乱歩は弟らと三人で「三人書房」という古本屋を開いたことをご存じだろうか。団子坂と駒込学園とのちょうど中間くらいにある三河屋（小林酒店）の向かい側の、今は駐車場になっているあたりにあった。

〈弟敏男ガ本堂家ヲ継イデ貰ヒ受ケタ一千円ヲ資本ニ太郎、通、敏男ノ兄弟三人デ古本屋ヲハジメル計画ヲ立テタコトは先ニ記シタガ、二人ノ弟ハ別トシテ、太郎ハ何モ古本屋で大成シヨウトイフ訳デハナク、……私ノ趣味バカリデナク、二人ノ弟ノ趣味モ同様ダッタノデ、コノ古本屋ハ主トシテ芸術書（主ニ小説）ヲ扱フコトニシ、看板ヤ名刺ニモソレヲ記シタ。店ノ飾リツケ一切、棚ヲ大工ニ頼ンダ外ハ、私ガ設計シ製作シタ、正面ノ屋根上ノ大看板モ、私ガペンキヲ買ッテ来テ自カラ描イタ。………店ハ普通ノ古本ヤトハ全ク異リ、土間ヲ応接室ノヤウニシテテーブル、椅子ヲ置キソノテーブルノ上デ、当時ノ流行歌謡ノ蓄音機ヲカケ、来客ノ社交場ノ如クシツラヘタ。十字屋デ夢二装幀ノ楽譜類ヲ仕入レテ来テ、ショウインドウニ飾り、販売スルヤウナコトモ試ミタ。〉

（「貼雑(はりまぜ)年譜」）

三人書房

随分とハイカラな古本屋であったようだ。この店に乱歩（太郎）の外に二人の弟と母きく、妹玉子、後には乱歩の友人二人も同居することになる。大正八年十一月に乱歩は鳥羽から上京してきた隆子と結婚し一緒に住んだので、最終的には八人の過密世帯となった。

『三人書房』時代に、江戸川乱歩は、漫画風刺雑誌『東京パック』の編輯（へんしゅう）長を三ヶ月だけやるが、岡本一平（岡本太郎の父）の紹介で宮尾しげをが三人書房の二階に訪ねてきたり、この雑誌に書いた「時事パックリ」という政治短評が当局を刺激し、特高に訪問を受けたこともあった。

〈……右ノ文章ガ当局ノ注意ヲ惹ヒテ、三人書房ノ二階ヘ高等係ノ刑事ガ訪ネテ来タ。要視察人トイウ程デハナイガ、サウイウ目ニアツタノハ生マレテハジメテダツタノデ、私ハ刑事ニ気焔ヲ上ゲナガラ、イサ、カ得意ヲ感ジタノデアル。〉

（「貼雑年譜」）

大正九年十月、乱歩は父親の世話で大阪時事新報へ記者として就職することになり、新聞に広告を出して三人書房の権利を六百円で売る。乱歩は一家で大阪に移った。

多喜二訪れる —— 宮本百合子

宮本百合子も、団子坂の菊人形の想い出を『菊人形』に書いている。百合子の住んでいた家は、団子坂を登って藪下通りと交わる交差点を右に駒込病院の方へ向かってしばらく行った、今の文京保健所本郷支所の少し先に道に面してあった。現在は、赤煉瓦の門が残っているだけである。

この家は百合子の父、中條精一郎が明治三十五年三月に札幌農学校（現・北海道大学農学部）を退官して上京し、買って一家で転居したものである。中條精一郎は、文部省の建築技師であったが、イギリス留学を経て役所を離れ、在野の建築家として活躍し、慶應義塾図書館や郵船ビル、東京海上ビルなどを手がけた。また百合子の祖父中條政恒は米沢藩出身で、福島県の役人時代に、広大な原野だった安積野（あさかの）の開拓をすすめ、「安積開拓の父」といわれる人物であった。百合子十七歳の処女作「貧しき人々の群」は、祖父政恒が心血を注いだ安積開拓地桑野村の農民の生活を描いた作品である。

『菊人形』は、昭和二十三年（一九五三）に『大衆クラブ』に発表したものだが、そこに描かれているのは幼少の頃の想い出で、乃木将軍やステッセル将軍の菊人形が登場している、日露戦争直後の明治三十八年（一九〇五）の団子坂の風景である。

〈その頃急な団子坂の左右に菊人形の小屋がかかった。馬が足をすべらすほど傾斜のきつい、せまい団子坂の三分の一ばかり下って、人々の足もとがいくらか楽になったところの左側に一二軒、右側に三軒ばかり菊人形の店が出来た。葭簀（よしず）ばりの入口に、台があって、角力の出方のように派手なたっつけ袴、大紋つきの男が、サーいらっしゃい！　いらっしゃい！　当方は名代の（何々とその店の名を呼んで）三段がえし、旅順口はステッセル将軍と乃木大将と会見の場、サア只今！　只今！　せり上り活人形大喝采一の谷はふたば軍記！　店々で呼び合う声と広告旗、絵看板、楽隊の響で、せまい団子坂はさわぎと菊の花でつまった煙突のようだった。白と黒の市松模様の油障子を天井にして、色とりどりの菊の花の着物をきせられた活人形が、芳しくしめっぽい花の香りと、人形のにかわくささを場内に漲（みなぎ）らせ、拍子木につれてギーとまわる廻り舞台のよこに、これも出方姿の口上がいて、拍子木の片方でそっちを指しながら、右にひかえましたる乃木将軍というような説明をした。乃木将軍はすべての写真にあるよ

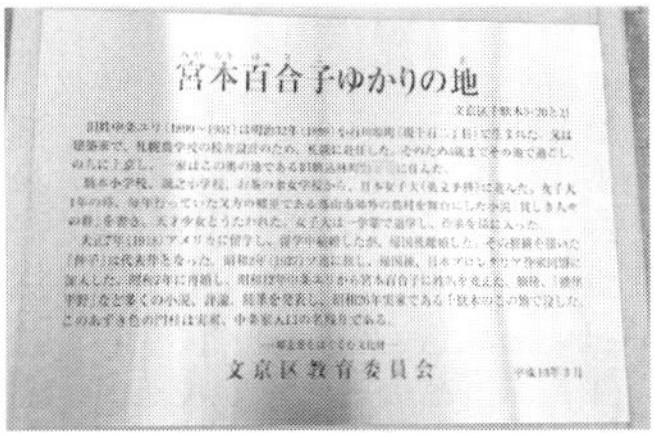

宮本百合子邸 跡

うな顔をした人形で、黄菊・白菊の服を着ていた。ステッセル将軍は、ただ碧い眼に赤い髭で、赤っぽい小菊の服を着せられていた。

往来からすぐ見えるところには、ありふれた動かない人形が飾ってあって、葭簀の奥をのぞくと廻り舞台の庇はじなどが見え、人を奥へと誘った。一の谷などでは、馬も菊で体をこしらえられていた。

十月下旬から十一月にかけて、団子坂の通りは菊人形で混雑し、菊見せんべいも、団子坂の菊人形につながった一つの東京名物なわけだった。菊の花の造花や、薄でこしらえた赤い耳の木菟を売るみやげやが、団子坂上からやっちゃば通りまでできた。

菊人形が国技館で開かれるようになってからは、見にゆく人の層も変ったらしいけれども、団子坂の菊人形と云われたことは、上野へ文展を見にゆく種類の人にも、そう縁の遠くない秋の行事の一つだったのではなかろうか。千駄木町に住んでいた漱石の作品のどこかに菊見があったし、団子坂のすぐ上に住んでいた森鷗外の観潮楼へは、菊人形の楽隊の音が響いたにちがいない。

幼いわたしにとって菊人形は面白さとうす気味わるさとのまじりあった見ものだった。場内にみなぎる菊の花のきつい匂いになじみにくく、活人形の顔や手足のかちかちした肌色と着せられている菊の花びらのやわらかく水っぽい感じの対照も妙だった。母方の祖母が浅草の花屋敷へつれて行ってみせてくれたあやつり人形の骨よせと似た気味わるさが菊人形のどこかにあるのだった。

戦争ものでない菊人形と云えば、あのどっさりの菊人形の見世ものの中で何があったろう。常盤御前があった。小督(こごう)があった。袈裟御前もあった。一九〇五年に、団子坂の菊人形はそういうものばかりを見せていた。小さい女の子は気味わるそうに、舞台からすこし遠のいて、しかし眼はまばたきをするのを忘れて、熊谷次郎が馬にのって、奈落からせり上って来る光景を見まもった。せり上って来る熊谷次郎の髪も菊の花でできた鐙も馬もいちように小刻みに震動しながら、陰気な軋みにつれて舞台に姿を現して来るのだった。閑静な林町の杉林のある通りへ菊人形の楽隊の音は、幾日もつづけて、実際あるよりも面白いことがありそうにきこえて来た。〉

ここに出てくる「菊見せんべい」は、今でも三崎坂下にあってせんべいを焼く香ばしい香りが通りかかる人を立ち止まらせているが、私が担任をしたことのある卒業生、鈴木早哉香さんのおばあちゃんの家で、一度鈴木さんが割れせんべいを待ってきてくれたことがあった。

菊見せんべい

宮本百合子の「一九三二年の春」という作品に、今また見直されているベストセラー『蟹工船』の作者小林多喜二が、千駄木の百合子宅を訪れたことが書かれている。多喜二は、団子坂を登ってきたのであろうか、それとも人目を避けて、大給（おぎゅう）坂か狸（たぬき）坂、あるいは狢（むじな）坂を登ってやってきたのであろうか。

〈四月三日の晩、小林多喜二が来た。そして、中野重治が戸塚署へ連行されたことを話した。作家同盟の事務所できいて来たのだそうだ。「原泉子は知っているだろうか？」とわたしがきいた。中野の妻は左翼劇場の女優として働いているのである。「さあ、どうだろ、まだ知らないんでないか」小林が特徴のある目つきと言葉つきとで云った。「電話をかけてやるといいな」

わたしは駒込病院前の、背後から店々の灯かげをうける自働電話で築地小劇場を呼んだ。原泉子はすぐ電話口へ出てきた。てきぱきとした調子で、「知ってます。××さんの細君が知らしに来てくれた」と云った。「今夜、あたし十一時すぎでなくちゃ帰れないんです」何のために、どの位の予定で中野重治が引致されたのか、それは原泉子にも不明であるらしかった。わたしは電話をきり、動坂の中途で紙袋に入れた飴玉とバットを買って戻った。

小林多喜二は元気にしゃべって十時すぎ帰りがけに、玄関の格子の外へ立ったまま、内から彼を見送っているわれわれに向い、「どうだね、こんな風は」と、ちょっと肱を張るようなかっこうをして見せた。彼は中折帽子をかぶり、小柄な着流しで、風呂敷包みを下げている。

宮本が、「なかなかいいよ。非常に村役場の書記めいていていいよ」と云った。「つまり小樽むきということだね、……じゃ、失敬」夜気に溢れる笑声に向って格子をしめ、小林は下駄の音を敷石に響かせて去った。〉

（「一九三一年の春」）

ここの「宮本」とは百合子の夫宮本顕治のことであり、原泉子（せんこ）とは、私の故郷島根の松江出身の女優で、多くの映画、テレビのドラマで老女役で出演した、そして中野重治の妻であったあの原泉（いずみ）のことである。このころは、築地小劇場の舞台女優として活躍していた。小林多喜二は、「下駄の音を敷石に響かせて去った」後、翌年の昭和八年（一九三三）二月二十日、港区赤坂で築地署の特高に捕まり、当日中に拷問によって虐殺された。

小林多喜二の遺体を囲む作家仲間
（右端にいるのが原泉子）

翌日、知らせを聞いた原泉子は死体の収容された築地病院に駆けつけ、屍体に逢わせろと見張っていた特高に食ってかかるが、ガードが堅く逢えない。その日の夜十時頃になって、多喜二の屍体は杉並区馬橋の小林宅に着く。原泉子は、多喜二のデスマスクをとるために材料の石膏を手に入れようと奔走している。新聞夕刊で多喜二の死を知った宮本百合子と佐多稲子は、小林宅に駆けつけ拷問によって変わり果てた多喜二と対面した。

二〇〇九年十月、私は井上ひさし作『組曲虐殺』を観るために、天王洲銀河劇場に向かった。石原さとみが、多喜二が生涯愛した恋人田口タキを好演しているのもよかったが、多喜二を追う特高も人間的に描かれているのに感心した。井上ひさしらしいなあと思った。

井上ひさしは、昨年（二〇一〇年）四月九日逝去した。想いおこせばテレビが我が家に入った頃、学校から帰ると私は、まっさきにテレビの前に陣取ったものである。井上ひさし作「ひょっこりひょうたん島」を観るためだ。

ドン・ガバチョ、サンデー先生、トラヒゲ、……今でも、テーマソングが頭の中で谺（こだま）する、「波をちゃぷちゃぷちゃぷちゃぷ……♪」。

二〇一〇年六月十九日、「九条の会」の同じ呼びかけ人だった井上ひさしを悼んで、大江健三郎は、「井上ひさしさんは、憲法九条、二十五条というのは私の親友中の親友ですから、彼らを裏切ることはできない、と言われた。その井上さんの志を受け継いでいきたい。」と話している。井上ひさしが多喜二を描いた志もここにあると私は考える。

「蕎麦屋」「小料理屋」「焼鳥屋」を巡る
文学散歩

一昨年は、「駒込学園周辺のお寺を巡る文学散歩」、昨年は『団子坂』物語」と題して、文学散歩をしました。そんなわけで方々を歩いて、少し足の疲れを覚えましたので、今年は駒込学園に比較的近い「蕎麦屋」「小料理屋」「焼鳥屋」に立ち寄って一息入れ、一献傾けながらそのお店にちなんだ文学作品を味わってみようと思いついたわけです。

「蓮玉庵(れんぎょくあん)」(蕎麦屋)と『雁』(森鷗外)

『蓮玉庵』という蕎麦屋は、上野の中央通りからアブアブを反対に見て、池之端方面へ向かう路地を入った左手にあります。鷗外の名作『雁』に、この『蓮玉庵』が三箇所出てきます。

一つめは、高利貸しの末造が、囲い者にしようとするお玉の住まいを探すところです。

蓮玉庵

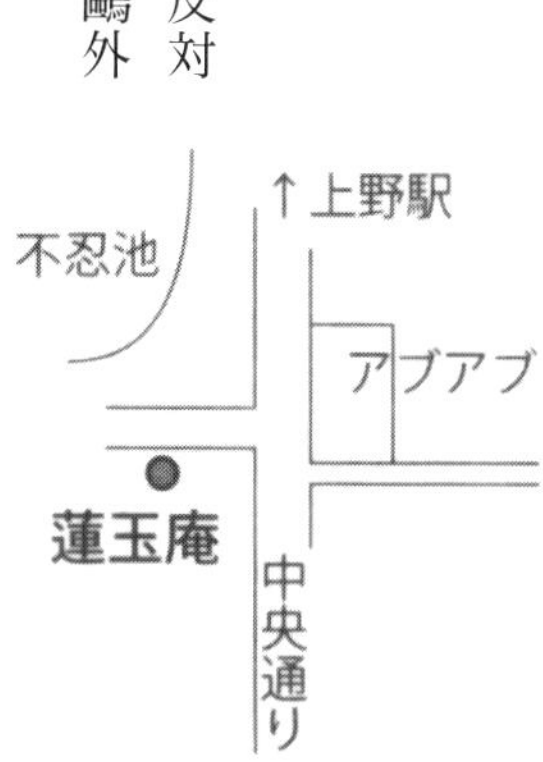

〈何軒も見た中(うち)で、末造の気に入った店(たな)が二軒あった。一つは同じ池の端で、自分の住まっている福地源一郎の邸宅の隣と、その頃名高かった蕎麦屋の蓮玉庵との真ん中位の処で、池の西南の隅から少し蓮玉庵の方へ寄った、往来から少し引っ込めて立てた家である。〉

二つめは、末造の人物描写をする箇所で、

〈末造には、この外にこれと云う道楽がない。芸娼妓なんぞに掛かり合ったこともなければ、料理屋を飲んで歩いたこともない。蓮玉で蕎麦を食う位が既に奮発の一つになっていて……〉

とあります。

三つめは、終わりの方で、お玉が思いを寄せる医科大学の学生岡田が、不忍池の雁に向かって投げた石が命中して「頸をぐだりと垂れて」しまいます。（それは、お玉の運命を象徴しています。）同じ学生仲間の石原が、自分が雁を取って来るが、暗くなるまで待ってくれと言うので、「僕」と岡田は池の周りを歩いて時間をつぶします。

〈「蓮玉へ寄って蕎麦を一杯食って行こうか」と、岡田が提議した。

僕はすぐに同意して、一しょに蓮玉庵へ引き返した。その頃下谷から本郷へ掛けて一番名高かった蕎麦屋である。〉

二人で蕎麦を食いながら、先ほど岡田が官費留学生としてドイツに行くことが決まったという話の続きをします。

『雁』は明治十三年の出来事と設定されていますので、「蓮玉庵」はその頃から名高かった蕎麦屋ということになります。

さて、「僕」と岡田が蕎麦を食うことになるのも、その日の下宿の晩飯の膳に青魚(さば)の味噌煮が上ったために、それが「身の毛の弥立つ程厭な」「僕」は膳を断って岡田を散歩に誘ったという偶然がもたらしたものです。そしてその偶然は、末造が千葉へ用事で出かけた留守に女中の梅も親元に帰し、今日こそ岡田に接近しようと待ち構えていたお玉が、「僕」がいるために声もかけられず、永遠の別れとなってしまうという悲劇をもたらすのです。鷗外はこの偶然をグリム童話の「釘一本」とよんでいます。

前田愛は『文学テクスト入門』の中で、ヴォルフガング・イーザーの「空白の理論」と関連づけながら、『雁』には一つの隠された仕掛けがあるとしています。岡田がドイツに渡航するためには、パスポートを取り、ビザを受けるという、かなり早い時期にその手続きをすませなければなりません。とすれば、岡田とお玉の恋は、その時の「釘一本」によって成就できなかったのではなく、初めから成立不可能な状況に置かれていたのです。その辺の事情は、書かれなかった「空白」として、『雁』からは排除されています。前田愛は、『雁』が『舞姫』と非常によく似たところがあるとして、偶然というものを強調することによって、予め岡田が傷つかない仕掛けをこらしたとしています。

昨年の『たらちね』(第四十号)の『団子坂』物語に、「お玉」のモデルは「児玉せき」という女性で観潮楼に近い団子坂上に住んでいたということを紹介しましたが(本書一九一頁)、そのことこの仕掛けと何か関係しているような気もします。

今年（二〇二二年）の一月十九日は、森鷗外の百五十回めの誕生日です。十一月に観潮楼跡に新しい鷗外記念館が開館するのを始め、さまざまな記念事業が計画されています。鷗外を偲んで、『蓮玉庵』で蕎麦をすすってみてはどうでしょう。

樋口一葉は、田中みの子と上野公園の東京図書館へ出かけた日に、仲町で買い物をしたのち、「小路を入りて池之端に蓮玉を味ふ」と明治二十五年三月二十二日の日記に記しています。

『蓮玉庵』六代目主人澤島孝夫氏の『蕎麦の極意』によれば、「蓮玉庵」は『江戸名所図会』を刊行した斎藤月岑（げっしん）の、安政六年十一月二十八日の日記に「蓮玉庵そばたべる」の記述があることから安政六年創業としているということです。そして、さきほど紹介した鷗外、一葉だけでなく、坪内逍遙、田山花袋、斎藤茂吉、川口松太郎、船橋聖一、谷崎潤一郎、五味康祐、藤沢周平、池波正太郎、久保田万太郎（店の正面にかかっている欅の看板の題字は久保田万太郎の揮毫）など多くの文人が贔屓（ひいき）にしていたということです。

「思い川」（小料理屋）と『忍ぶ川』（三浦哲郎）

ＪＲ山手線駒込駅南口を出て、ロータリーを渡ってすぐの岩槻街道に面したところに割烹小料理屋「思い川」がありますが（現在は閉店しています）、この店の入り口には「芥川賞受賞作品三浦哲郎先生作『忍ぶ川』ゆかりの店」という看板が掲げられています。

『忍ぶ川』では次のように料亭〈忍ぶ川〉（「思い川」）が描かれています。

〈私と志乃は、その年の春、山の手の国電の駅近くにある料亭〈忍ぶ川〉で識りあった。……

志乃は、忍ぶ川の女であった。

忍ぶ川は、料亭というけれども、いかめしい門構えや植え込みなどあるわけでなく、直接都電の通りに面していて、階下には豚（トン）カツやお好みの一品料理で簡単に飲めるカウンターもあり、その方の店の隅には煙草の売り場もあるという、いわば小料理屋に毛が生えた程度の、だから自家用車で乗り付ける客なんかめったになく、常連というのも近くの国電の駅から本郷あたりへ通う学校の教師、会社員、それに土地の商家の楽隠居たちで、たまには魚屋や肉屋のあんちゃんが女めあてに、青い背広を着てかよってき

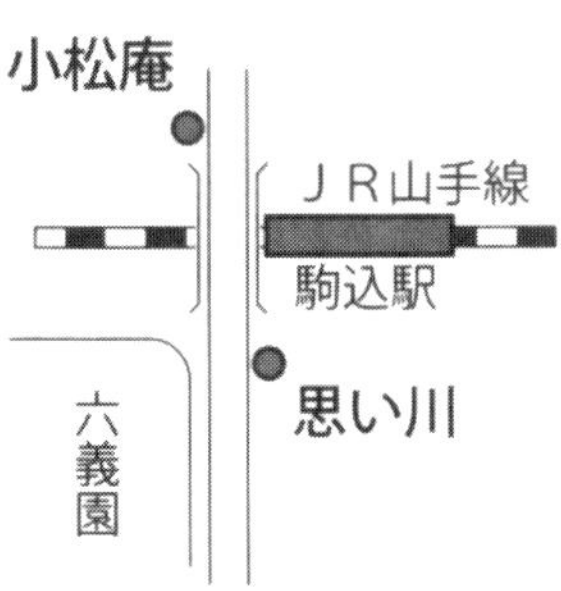

たりする、場末のちいさな料亭なのであった。それでも、界隈にいちおう名の通った暖簾の手前、格式と酒の値だけは一段高く、私どもにはそうたびたび出入りできる店ではなかった。〉

『忍ぶ川』は、失踪した「私」の兄のいた深川の木場と、志乃の生まれ育った洲崎という娼婦の街を、「私」と志乃が連れだって訪れる場面から始まります。「私」は、六歳の誕生日に次姉が津軽の海に入水し、同じ年に長姉が琴を枕に服毒自殺をし、長兄も次兄も失踪してしまうという「血の宿命」ともいうべきものを抱えています。やはり宿命的な不幸な過去を抱える志乃に惹かれ、二人は「私」の郷里青森の実家で家族だけのささやかな結婚式を挙げます。その初夜の場面が大変美しく描かれています。


〈「いま、こうしていると、あたしが二十年間、どんなに無駄にくらしたか、よくわかるんです。自分のことはうっちゃって、ただ、他人のために、周囲のために、したいことも、したくないことも、しのんで、しのんで……。」

「忍ぶ川の、お志乃さん。」

「いいえ、もう忍ぶ川なんか、さっぱり忘れて、あしたからはべつの志乃になって、もうこれからは、自分とあなたのことだけを考えますわ。よい生活をしましょうねえ。」

言葉がとぎれると、雪国の夜は地の底のような静けさであった。その静けさの果てから、さえた鈴の音がきこえ、それがゆっくりと高まってきた。

「なんの鈴？」志乃は訊いた。

「馬橇（ばそり）の鈴。」私は答えた。

「馬橇って、なに？」

「馬がひく橇のことだよ。在のお百姓が、町へ出て、焼酎を飲み過ぎて、いまごろ村へ帰るのだろう。」

「あたし、見たいわ。」と志乃がいった。

二人、裸のまま、一枚の丹前にくるまって、部屋をぬけ出た。廊下の雨戸をほそ目にあけると、刃（やいば）のようにつめたいひかりが、むごいほど白く、志乃の裸身を染めるのである。

まひるのようにあかるんだ雪の野道を、馬橇が黒い影をひきずってりんりんと通った。馬は橇の上に、毛布（ケット）にくるまって腕組みしたまま眠りこけている馭者（ぎょしゃ）をのせて、ひとりで帰路を急

思い川

ぐのだろう、蹄鉄が月光をうけてきらきらと躍っていた。〉

私は、大学時代に熊井啓監督の映画『忍ぶ川』を観たのですが、志乃役の栗原小巻の白い肌が頭から離れず、輾転反側して夜を明かしたことを懐かしく思い出します。

三浦哲郎は、二〇一〇年八月二十九日に亡くなりますが、昨年の十二月に生前に雑誌連載していた『流燈記』が単行本として発行されました。そこにも「満里亜」という「血の宿命」を背負う少女が登場しますが、しかし彼女は負の連鎖から自分と周りの人々を救い出し、解放をもたらす可能性を持つ人物として描かれています。

三浦哲郎は、今年度センター試験に取り上げられた小説『たま虫をみる』の作者井伏鱒二に師事しました。昨年の暮れに私は、『野鳥の父・中西悟堂と善福寺池』展を観た帰りがけに荻窪の教会通りにあった、井伏鱒二が贔屓にしていた鮨屋「ピカ一」を探しましたが、姿を消していました。

「小松庵」（蕎麦屋）と『ノルウェイの森』（村上春樹）

「思い川」の面する岩槻街道を反対側に渡って、北に向かって少し行くと、「小松庵」という蕎麦屋があります。これは、昨年トラン・アン・ユン監督によって映画化された村上春樹の『ノルウェイの森』の中で、一年ぶりに中央線の電車の中で偶然出会った「僕」（ワタナベトオル）と直子が、四谷駅で降りて二人で駒込駅まで歩いた後に入る「そば屋」のモデルがこの「小松庵」です。

〈しかし散歩というには直子の歩き方はいささか本格的すぎた。彼女は飯田橋で右に折れ、お堀ばたに出て、それから神保町の交差点を越えてお茶の水の坂を上り、そのまま本郷に抜けた。そして都電の線路に沿って駒込まで歩いた。ちょっとした道のりだ。駒込に着いたときには日はもう沈んでいた。穏やかな春の夕暮だった。

「ここはどこ？」と直子がふと気づいたように訪ねた。

「駒込」と僕は言った。「知らなかったの？　我々はぐるっと回ったんだよ」

「どうしてこんなところに来たの？」

「君が来たんだよ。僕はあとをついてきただけ」

我々は駅の近くのそば屋に入って軽い食事をした。喉が渇いたので僕は一人でビールを飲んだ。注文し

小松庵

てから食べ終るまで我々は一言も口をきかなかった。僕は歩き疲れていささかぐったりとしていたし、彼女はテーブルの上に両手を置いてまた何かを考えこんでいた。TVのニュースが今日の日曜日は行楽地はどこもいっぱいでしたと告げていた。そして我々は四ッ谷から駒込まで歩きました、と僕は思った。〉

『ノルウェイの森』は、漱石の『こころ』と似た構造を持った、『こころ』の本歌取りの小説であると指摘したのは石原千秋です（『謎とき　村上春樹』より）。それは、この二つの小説を、ジャック・デリダの「誤配」という枠組みとイヴ・K・セジウィックの「ホモソーシャル」の枠組みで読む時に見えてくるというのです。

まず「誤配」という枠組みから読んでみましょう。『こころ』の「先生」は「先生の物語」である遺書を青年に向けて書きます。しかし、「先生の物語」は静にこそ語られるべきだったので、青年に「誤配」されたことになります。自分に「誤配」された遺書を、青年は「正しい宛先」である静に届けようとして、「手記」を書いているのです。これは、ちょうど『ノルウェイの森』で、自殺した親友のキズキから直子を譲られた（「誤配された」）ワタナベトオルが「正しい宛先」であるキズキのもとに直子を届ける、すなわち直子を自殺させるというプロセスと似た構造になっているというのです。

次に「ホモソーシャル」の枠組みから読んでみると、どうなるでしょうか。ホモソーシャルの構図の中では、女性は男同士の絆を強めるためにやりとりされる、いわば「貨幣」のような存在になります。それだけでなく、男は女性のやりとりを介して力比べをしているのです。『こころ』で「先生」は、経済的にも逼迫して大観音の側の寺で鬱屈した生活をおくっていたKの気持ちをほぐすために、自分の下宿に同宿させてわざとKをお嬢さんに近づけます。そのことで、「先生」はKとの「友情」を再確認し、絆を強めようとするのです。同時に、「先生」は精神的には自分より上のポジションにいたKを引きずり下ろそうと力比べをしているのです。『ノルウェイの森』の中では、どのように力比べがなされているのでしょうか。


〈その五月の気持ちの良い昼下がりに、昼食が済むとキズキは僕に午後の授業はすっぽかして玉でも撞きにいかないかと言った。……約束どおり僕がゲーム代を払った。ゲームのあいだ彼は冗談ひとつ言わなかった。これはとても珍しいことだった。ゲームが終わると我々は一服して煙草を吸った。

「今日は珍しく真剣だったじゃないか」と僕は訊いてみた。

「今日は負けたくなかったんだよ」とキズキは満足そうに笑いながら言った。

彼はその夜、自宅のガレージの中で死んだ。〉

ビリヤードで真剣に勝負してワタナベトオルに勝ったということ、それは「男として俺はおまえより強い」という力比べで勝ったということを確認しなければ、死ねなかったということです。そして、勝利者からの贈り物として直子をワタナベトオルに手渡すことができたということでもあるのです。このように力比べという点でも、『ノルウェイの森』は『こころ』と似た構造を持っているというのです。

「鳥よし」（焼き鳥）と車谷長吉

〈団子坂の下を右に曲がって、ちょっと歩くと焼き鳥屋「鳥よし」がある。主人はいい男で、味も絶品である。恐らく東京で一番うまい焼き鳥屋ではなかろうか。主人は美男であるのに、まだ独身である。〉

（車谷長吉（くるまたにちょうきち）「白山薬師坂上の部屋」『東京人』april 2007 no. 238）

私は時々、入り口に大きく「鳥よし」と書かれた提灯の点るこの「鳥よし」に赴き、まずは瓶ビールを一本、その後は緑茶ハイを飲みながら、「東京で一番うまい焼き鳥」を頬張り、至福の一時を過ごすのです。ここの「煮込み」もまた絶品です。是非味わってみてください。

私はお店でお目にかかったことはありませんが、ご主人によると、「鳥よし」に車谷長吉[※1]が奥さんの高橋順子さんと一緒に月に一回ぐらい立ち寄られるようです。

車谷長吉は兵庫県飾磨(しかま)生まれの作家で、『鹽壺(しおつぼ)の匙(さじ)』（芸術選奨文部大臣新人賞、三島由紀夫賞）、『漂流物』（平林たい子文学賞）、『武蔵丸』（川端康成文学賞）の作品がある他、『赤目四十八瀧心中未遂』で一九九八年上半期の第一一九回直木賞を受賞します。同作は二〇〇三年に映画化され、ヒロインを演じて第二七回日本アカデミー最優秀主演女優賞を受賞した寺島しのぶの背中一面の刺青がまばゆく映えていました。

『東京人』の「白山薬師坂上の部屋」によると、車谷長吉は昭和五十八年夏に作家になる決心をして東京に出て来た時、白山薬師坂上に1DKの部屋を借りたそうです。

〈太田原の一部に、夏目漱石旧居跡[※2]がある。関東大震災にも倒壊することなく、先の大戦でも焼失することなく、昭和三十九年春、私がはじめて東京へ来た頃は、旧居はまだあった。が、いまは尾張犬山の明治村に移築されてしまった。この旧居跡から三軒隣りが、現在の私方である。漱石の「漱石山房」に倣って「蟲息山房」と言う。昭和二年に建てられた、あばら家である。平成十年夏、直木賞をもらって、銭がどっさり入って来たので、嫁はん（高橋順子）まかせに買(こ)うた家である。露地の奥で、家の前は自動車も走

鳥よし

らず、東京の昔を思い出させてくれる、静けさだけが取柄の家である。漱石旧居は漱石が『吾輩は猫である』を書いた家であるので、このあたりの野良猫はみな夏目家の猫の末裔であると言われている。〉

私は、鷗外記念図書館で行われた車谷長吉氏の『高瀬舟』についての講演を聴いたことがあります。車谷長吉の作品は、半分くらいが『鹽壺の匙』はじめ「反時代的毒虫」としての「私小説」です。「私小説」といえば、現代の私小説作家西村賢太が今注目されています。

昨年「鳥よし」で「今度の芥川賞は西村賢太がとるかも」と私が予言し、果たして彼の作品『苦役列車』で受賞したことについて「鳥よし」のご主人と話したことを思い出します。

西村賢太は、芝公園で凍死した不運の大正期の私小説家藤澤清造を師と仰ぎ、祥月命日には菩提寺のある能登七尾まで出向き、その老朽化した為に取り払われた墓標まで買い取って部屋に抱え込んでいるほどですが、西村賢太の人生を変えた藤澤清造の長編私小説『根津権現裏』(西村賢太編輯)の中に、主人公の「私」が「白山上」から「大観音」を通って「団子坂」下の自分の下宿に帰る場面がありますので、それを紹介してこの度の「文学散歩」を終えたいと思います。

〈「白山上、白山上。」と呼ぶ車掌の声が聞えてきた。其の時私ははっと思って、漸(ようや)く我に返ってきた。そして、電車の止まるのを待って、静かに車掌台の方から下りてきた。……

下へおりたつと、雨は横しぶきに降りしきっていた。私は石崎から、用意の為に借りてきていた、破れ蛇の目にそれを凌(しの)ぎながら、肴(さかな)町の方へ歩き出した。すると、其処(そこ)へまた、深い穴でも穿(うが)たれたように、一時に食慾を感じてきた。もうそうなると、足を運ぶ勇気もなくなってしまった。で、どうしたものかと思って、まるで拾うようにして歩いてくる中に、ふと私は、大観音手前に、一件の鮨屋があったのを思い出してきた。すると僅(わずか)にそれに励まされて、不自由な足を引きずりながら、其処の店頭にきてみると、もう表戸は締まっていた。……

「ああ、何時(いつ)までこうした生活を続けねばならないのか。」

愚痴なようだが、またこう思うと、はらはらと両眼から、熱い涙が落ちてきた。其の涙を払ってみると、其処はもう団子坂の下り口になる。私は其処へかかった時には、それこそ、一生浮びあがることの出来ない、深い穴の中へでも入っていくような、寂しいと云うよりも不安な、不安というよりは寧(むし)ろ恐ろしい思いに駆られてきた。〉

《注》

※1　車谷長吉氏は二〇一五年に亡くなられました。

※2　夏目漱石旧居

夏目漱石がイギリスの留学から帰った明治三十六年から明治三十九年までの間、友人の斎藤阿具から借りて住んでいた。この家で『吾輩は猫である』を書いたので『猫の家』と呼ばれている。私の大学時代からの友人、山口わかばさんの父上である、元東京大学史料編纂所教授であった日本史学者の山口啓二さんも子供時代に住んでいたという。

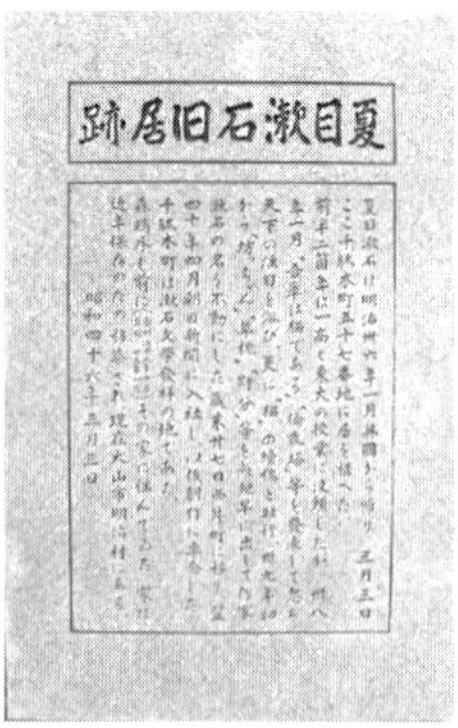

落語の舞台を歩く

——千駄木、谷中、根岸、竜泉、浅草——

雲山亭呑介

眼を閉(とじ)て聞き定めけり露の音

円朝

まくら――千駄木、『猫の家』

えー、私の文学散歩に毎回のおはこびで、御礼申し上げます。

この度は、学園の近くの落語の舞台を皆様とご一緒に歩いてみようという趣向で、えーしばらくの間、おつきあいをお願いいいたします。

落語と文学とどんな結びつきがあるんだなんてー野暮なことをおっしゃってはいけません。『浮雲』を書いたかの近代小説の祖、二葉亭四迷先生が、どう文章を書いていいやらわからないってんで坪内逍遙先生の所へ行って相談したそうですな、そうしたら「君は円朝の落語を知っていよう、あの円朝の落語通りに書いてみたらよかろう」ってんで、仰せのままに書いて逍遙先生の許

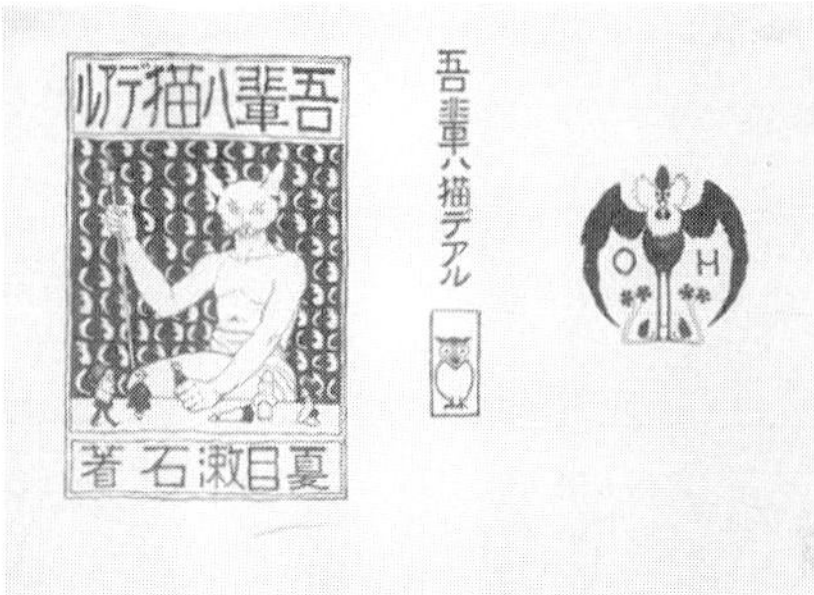

「吾輩ハ猫デアル」　初版本

に持って行くてーと先生、忽ちはたと膝を打って、これでいいとおっしゃった、てーわけで、かの言文一致のお手本は円朝の落語だったんですな。

それから、漱石と子規が懇意になったのも寄席通いから始まり、漱石はことのほか三代目小さんを評価しております。『吾輩は猫である』は語り口からして落語でありますし、作中、苦沙弥先生の家に泥棒が入った後、巡査の調べに対して苦沙弥先生と奥さんのとのやりとりなどは落語そのもので、これは『花色木綿』のパロディですな。


「その風はなんだ、宿場女郎の出来損いみた様だ。なぜ帯をしめて出て来ん」

「これで悪ければ買って下さい。宿場女郎でも何でも盗られりゃ仕方ないじゃありませんか」

「帯までとって行ったのか、苛い奴だ。それじゃ帯から書き付けてやろう。帯はどんな帯だ」

「どんな帯って、そんなに何本もあるもんですか、黒繻子と縮緬の腹合せの帯です」

「黒繻子と縮緬の腹合せの帯一筋――価はいくら位だ」

「六円位でしょう」

「生意気に高い帯をしめてるな。今度から一円五十銭位のにして置け」

「そんな帯があるものですか。それだからあなたは不人情だと云うんです。女房なんどは、どんな汚い風をしていても、自分さい宜(よ)けりゃ、構わないんでしょう」

「まあいいや、それから何だ」

「糸織の羽織です。あれは河野の叔母さんの形見にもらったんで、同じ糸織でも今の糸織とは、たちが違います」

「そんな講釈は聞かんでもいい。値段はいくらだ」

「十五円」

「十五円の羽織を着るなんて身分不相当だ」

「いいじゃありませんか。あなたに買って頂きゃあしまいし」

「その次は何だ」

「黒足袋(たび)が一足」

「御前のか」

「あなたんでさあね。代価が二十七銭」

「それから？」

「山の芋が一箱」

「山の芋まで持って行ったのか。煮て食う積もりか、とろろ汁にする積もりか」

「どうする積もりか知りません。泥棒の所へ行って聞いていらっしゃい」

「いくらするか」

「山の芋のねだんまでは知りません」

「そんなら十二円五十銭位にして置こう」

「馬鹿々々しいじゃありませんか、いくら唐津から掘って来たって山の芋が十二円五十銭して堪（たま）るもんですか」

「然（しか）し御前は知らんと云うじゃないか」

「知りませんわ、知りませんが十二円五十銭なんて法外ですもの」

「知らんけれども十二円五十銭は法外だとは何だ。まるで論理に合わん。それだから貴様はオタンチン、パレオロガスだと云うんだ」


さて、漱石先生が『猫』を書いたのは、根津権現の上、今の日医大の横にあります千駄木の「猫の家」であります。でありますので、

落雲館に群がる敵軍は近日に至って一種のダムダム弾を発明して、十分の休暇、若しくは放課後に至って熾（さかん）に北側の空地に向って砲火を浴びせかける。このダムダム弾は通称をボールと称えて、擂粉木（すりこぎ）の大きな奴を以て任意これを敵中に発射する仕掛である。

この「落雲館中学」とは郁文館中学がモデルであります。『猫』が『ホトトギス』に載るのは明治三十七年からですので、その前年から始まった日露戦争のまっただ中、ダムダム弾という言葉は大変な生々しく受け止められたんですな。さて、苦沙弥先生、落雲館の生徒との「大戦争」に癇癪をもてあまして八木独仙に相談すると、独仙、

　いくら自分がえらくても世の中は到底意の如くなるものではない、落日を回(めぐ)らす事も、加茂川を逆(さか)に流す事も出来ない。只出来るものは自分の心だけだからね。心さえ自由にする修業をしたら、落雲館の生徒がいくら騒いでも平気なものではないか、

と説法しますが、これなんぞは「紅羅坊名丸(べにらぼうなまる)先生」が説法する落語の『天災』を思わせますな。それから、猫が苦沙弥先生が鏡と睨(にら)め比べをしているのを『蒟蒻(こんにゃく)問答』に解釈したり、苦沙弥先生が水彩画を描いたり、弓に凝ったり謡を習って後架の中でもやるので、近所で後架先生と渾名(あだな)をつけられても平気で「平の宗盛にて候」を繰り返しているのは、『寝床』であり『茶の湯』そのものですな。

　それから、水島寒月が吾妻橋の欄干によって下を見たとき、川の底から女の声が救いを求めるようにするので、川の中へ飛び込んだ積りが、間違って橋の真ん中へ飛び降りたという経験談をしますが、これなんぞは新作落語でありまして、吾妻橋は身投げの名所、吾妻橋からの身投げの

お話は『文七元結』『星野屋』『唐茄子屋政談』『佃祭り』などたくさんあります。その他にも落語を元にしたエピソードがたくさんあり、『猫』は落語満載であります。

私は、かつて文学ゼミで『夢十夜』を扱った際に、その第三夜にまつわって志ん生、馬生、小三治の『もう半分』の聴き比べをしたことがありますが、漱石の文学と落語は切っても切り離せませんな。

漱石の寄席通いは盛んで、落語研究会にも明治三十八年に開かれた第一回から出かけており、本当に落語が好きだったんですな。漱石の亡くなるのは、辰野隆の結婚披露宴に出席した折、テーブルにあった大好物の南京豆をほおばったために胃病を悪化させたのが原因といいますが、その披露宴で漱石が天才と評価していた三代目小さんの『うどんや』を聴けたのが冥土への土産になったのであります。

落語を愛した文学者は他にもたくさんおりますが、太宰治が死ぬまで座右に置いていたのが、圓朝全集でありました。

谷中——全生庵、天王寺

団子坂を下りて、谷中へ向かって三崎坂を登りますと左手に全生庵があります。

全生庵は、江戸城無血開城に道を開いた山岡鉄舟が明治維新に殉じた人々の菩提を弔うために明治十六年に建立したものでして、ここにかの三遊亭円朝も眠っているのであります。

三遊亭円朝、本名出淵次郎吉、天保十年（一八三九）江戸湯島に生まれ、武士上がりの父初代橘家圓太郎が二代目円生の門に入ったのに続き、七歳で小円太の名で高座に上り、途中歌川国芳の内弟子になったりもしますが、十八歳の若さで真打、円朝となりました。明治三十三年に六十二歳で亡くなるまでに作った噺は、『怪談牡丹燈籠』『真景累ヶ淵』『塩原多助一代記』『怪談乳房榎』『敵討札所の霊験』『文七元結』『死神』などでして、歌舞伎狂言にもなっているものも含めて沢山の名作を残し、三遊亭の統帥、落語中興の祖といわれている人であります。

円朝の墓には「三遊亭圓朝無舌居士」とありまして、その由来は、山岡鉄舟に「おまえの話はうまい。うまいが舌で語るから話が死んでおる。私は三つのころから母に毎晩、桃太郎の話を聞かさ

無舌居士・円朝の墓

れた。それでも飽きなかったのは話が生きておったからだ。」と言われ、円朝は悔しがってそれから鉄舟について禅を学び、桃太郎を練習した、ある日やっと「今日の話は生きておるぞ。噺家は舌を亡くしてはじめて名人というのだ」、それで円朝は「無舌居士」という号をつけてもらったというのが、寺に伝わる由来だそうでございます。墓石の側面に、

耳しひて聴き定めけり露の音

という円朝辞世の句碑が刻まれておりますが、聴力を失って初めて音を聴くという「無舌」に通じるものがあります。

希代の悪法を無理強いに通した翌日、この全生庵に参禅なさったという長州出の首相が、二枚舌をお持ちなのはなんとも皮肉なことでございます。この全生庵は円山応挙や柴田是真、月岡芳年などの幽霊画をたくさん所蔵されていますが、その幽霊が絵から抜け出て取り憑くのではないかとも思っております。

全生庵では、毎年円朝の命日八月十一日を挟んで「円朝まつり」が催され、所蔵の幽霊画が公開されるのを始め、本堂での落語会も行われますので、一度足を運んでみてはいかがでしょう。

この三崎坂の途中にある「朝日湯」の所に、戦前まで新幡随院法住寺がありました。『怪談牡丹燈籠』で、萩原新三郎宅にカランコロンと駒下駄の音をさせ、牡丹芍薬のついた灯籠を下げ、

女中お米を連れたお露が来て、新三郎と契ります。それが七日に及び、両人の中は「漆の如く膠のごとく」ぴったり。萩原の家で女の声がすると、店子の伴蔵はのぞいてびっくり、見れば、骨と皮ばかりの女が新三郎にかじりついているではないか、意見された新三郎は谷中三崎へ行ってみたところ、

新幡随院（ばんずいいん）を通り抜けようとすると、お堂の後に新墓がありまして、それに大きな角塔婆（かくとうば）があって、その前に牡丹（ぼたん）の花の綺麗な燈籠が雨ざらしになってありまして……

お露は幽霊だったのであります。新幡随院がまだあったころ、『牡丹燈籠』を芝居にかけるときは、六代目菊五郎などもお参りに来たということでございます。このお噺のもとになったのは中国明代の伝記『剪燈新話』におさめられた「牡丹燈記」でありますが、これは上田秋成の『雨月物語』の「吉備津の釜」に発展するお話でもあります。山田風太郎の『幻燈辻馬車』でも円朝は大活躍しますが、円朝にまつわる最近の小説に、稲葉稔の『圓朝語り』、辻原登の『円朝芝居噺　夫婦幽霊』、松井今朝子の『円朝の女』などがございます。

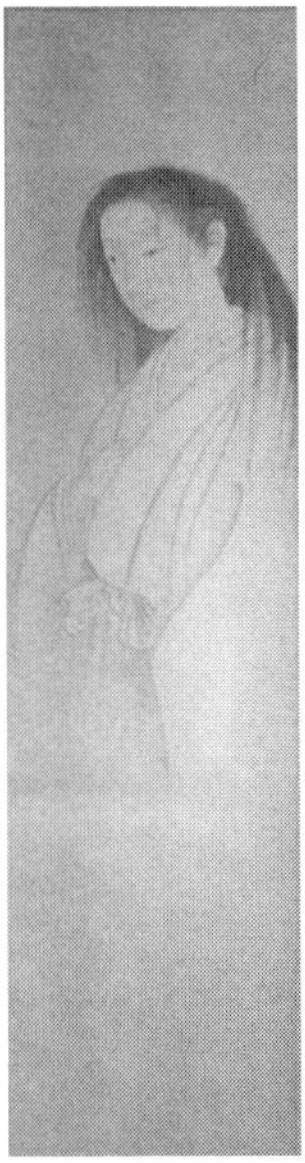

円山応挙が描いた
といわれる幽霊画

三崎坂を登って、左に折れてしばらく行きますと、観音寺というお寺があります。ここには『へっつい幽霊』『芝浜』で有名な三代目三木助のお墓があります。そのお墓には「姿見楼」と刻まれていまして、それは三木助の実家が湯島の床屋「姿見楼」だったからなんですな。三木助最後の高座は東横落語会の『三井の大黒』でした。

さて、そこから谷中霊園に出まして、我が学園の理事長末廣照純先生がご住職の名刹天王寺に向かいます。天王寺を舞台とした落語があるんですな。『安兵衛狐』

源兵衛という偏屈ものは、同じ長屋に住む者に萩寺の萩を見に行こうと誘われるが、偏屈なので断って天王寺の墓を見に行くことにした。どうせ飲むなら女の墓がいいってんで、女の墓の前で酒を飲んでいると、墓穴が開いて骨が見えている。そこで、源兵衛は酒をかけて弔ってやる。その夜、幽霊が現れて女房として働いてくれる。同じ長屋に住む、〝貧乏安〟とか〝グズ安〟とか言われている安兵衛が自分も女房がほしいと、天王寺に出かけていく。墓場の奥の方に行ってみると子狐が狐捕りの罠にかかっている。安兵衛は哀れに思って、一円で狐を買い取り離してやった。その帰り道、若い女に泊めてくれと頼まれる。名前はおコン。で安兵衛は狐を嫁にしてしまう。……

このお噺(はなし)は五代目志ん生がやっておりましたが、これは説経節『信太妻(しのだづま)』の伝説をもとにした人形浄瑠璃と歌舞伎の『蘆屋道満大内鑑』、通称『葛の葉』のパロディなんです。陰陽師・安倍晴明の父である安倍保名に助けられた白狐は、その後、保名のもとを訪れて夫婦になります。晴明を産んで育てていたが、ある時狐の姿に戻っているのを晴明に見られてしまい、信太の森に帰って行くというお話です。安倍保名から安兵衛の名はきているんですな。これはもともとは上方の『天神山』というお噺が江戸で『安兵衛狐』になったんです。私は四国のこんぴら歌舞伎で、当代の雀右衛門さんの襲名披露で「葛の葉」を演ったとき観に行きましたが、「恋しくはたつね来て見よ　いつみなる　信田の森の　うらみ葛の葉」と障子に書いた書は見事でしたな。

天王寺は、もと長耀山感応寺という日蓮宗のお寺として文永十一年（一二七四）に開山したもので、元禄十一年（一六九八）に徳川幕府によって天台宗に改宗させられ、天保四年（一八三三）に護国山天王寺と改称しました。天王寺が庶民の身近なお寺になったのは、元禄十三年（一七〇〇）に「富くじ」興行が幕府から許可されたからで、天保の改革で、禁止される天保十三年（一八四二）まで、一攫千金を夢見る庶民が天王寺に殺到したということでございます。「江戸の三富」としてとりわけ賑わったのが、天王寺とともに湯島天神と目黒不動瀧泉寺です。

目黒不動は、駒込学園の元同窓会長であられた吉田道稔大僧正がご住職をされていました。天王寺には、文政六年（一八二三）の「富興行定書」（板額）が残っておりまして、先日見せて頂きましたが、「寶金の定」として「第壹之富　金百両」と書かれていたりして、当時の様子が伺

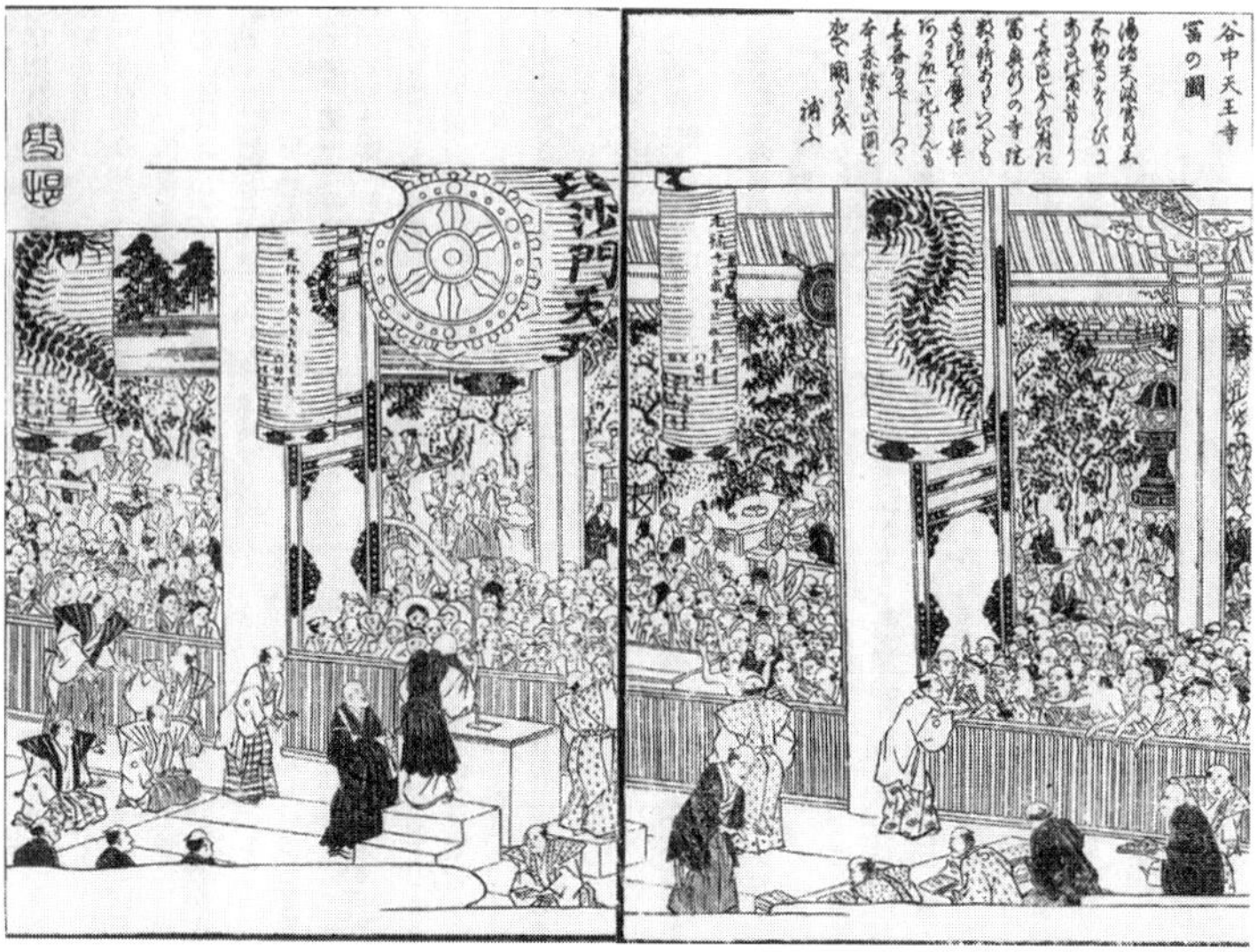

「東都歳時記」谷中天王寺　富の図

われますな。

富くじの日は、江戸中が浮き足だって

感応寺いのちからがら一分捨て

首縊り富の札など持って居る

という川柳があるぐらいでして、一分とは一両の四分の一で銀十五匁くらい、当時の大工一日の工賃が五匁なので、富くじ一枚が約三日分のかせぎということになります。静かな谷中は、遊興の巷になっていったのですな。

「富くじ」を題材にした落語は、『宿屋の富』『富久』『御慶』などがあります。さらに、富突が盛んになり、人出が多くなる宝暦、明和、安永、天明、寛政の世には、感応寺門前は「いろは茶屋」という岡場所ができて大層賑わったということでございます。

武士はいや町人すかぬいろは茶屋
円いのを専らに呼ぶいろは茶屋

という川柳がありまして、谷中、下谷、浅草、本郷の寺のお坊さんを相手にしたようでして、お坊さんもなかなかその道に精進なさったようですな。
天王寺はまた、その五重塔がモデルとなりました幸田露伴の『五重塔』でも名を知られていますが、露伴は「朝倉彫塑館」の隣に住んでいましたが、その近くに「駒込中学校校歌」を作詞していただいた北原白秋の住まいもございました。

天王寺五重塔

根岸 —— 御行の松

谷中から芋坂、または御隠殿坂を下がって、根岸の里に出ます。この坂に御隠殿坂という名がつけられましたのは、東叡山寛永寺住職輪王寺宮法親王の別邸、隠居所であります御隠殿が根岸の里にあり、そこに行くための坂だからでございます。根岸の里、西蔵院不動堂の所に、江戸名所図絵にもあります「御行の松」がございます。その因果塚の由来を落語にしたのが『お若伊之助』

日本橋石町の大きな生薬屋「栄屋」の一人娘お若さんは、大変な美人。お若さんが一中節を習いたいというので、おかみさんが頭（かしら）の勝五郎に相談すると、元武士の師匠、菅野伊之助を紹介される。この伊之助がこれまた、たいへんいい男。で、二人はすぐに親密に。おかみさんは手切れ金二十五両を渡してお若を別れさせたが、お若は落ち込んでしまう。気晴らしに根岸お行の松の近くで剣道場を開いている伯父さん、高根晋斎の家にあずけるが、寝たり起きたりの生活になってしまった。

一年後、伊之助が訪ねてきて旧交をあたためるうちに、お若のお腹が膨らんでくる。さすがに晋斎も気づき、注意していると伊之助がやってくる、晋斎は勝五郎を呼び出し、伊之助を始末するように言った。ところが、勝五郎が伊之助に訊くと、その日は頭と吉原で一緒だっ

御行の松
不動尊
御行の松
不動尊

「御行の松」西蔵院不動堂

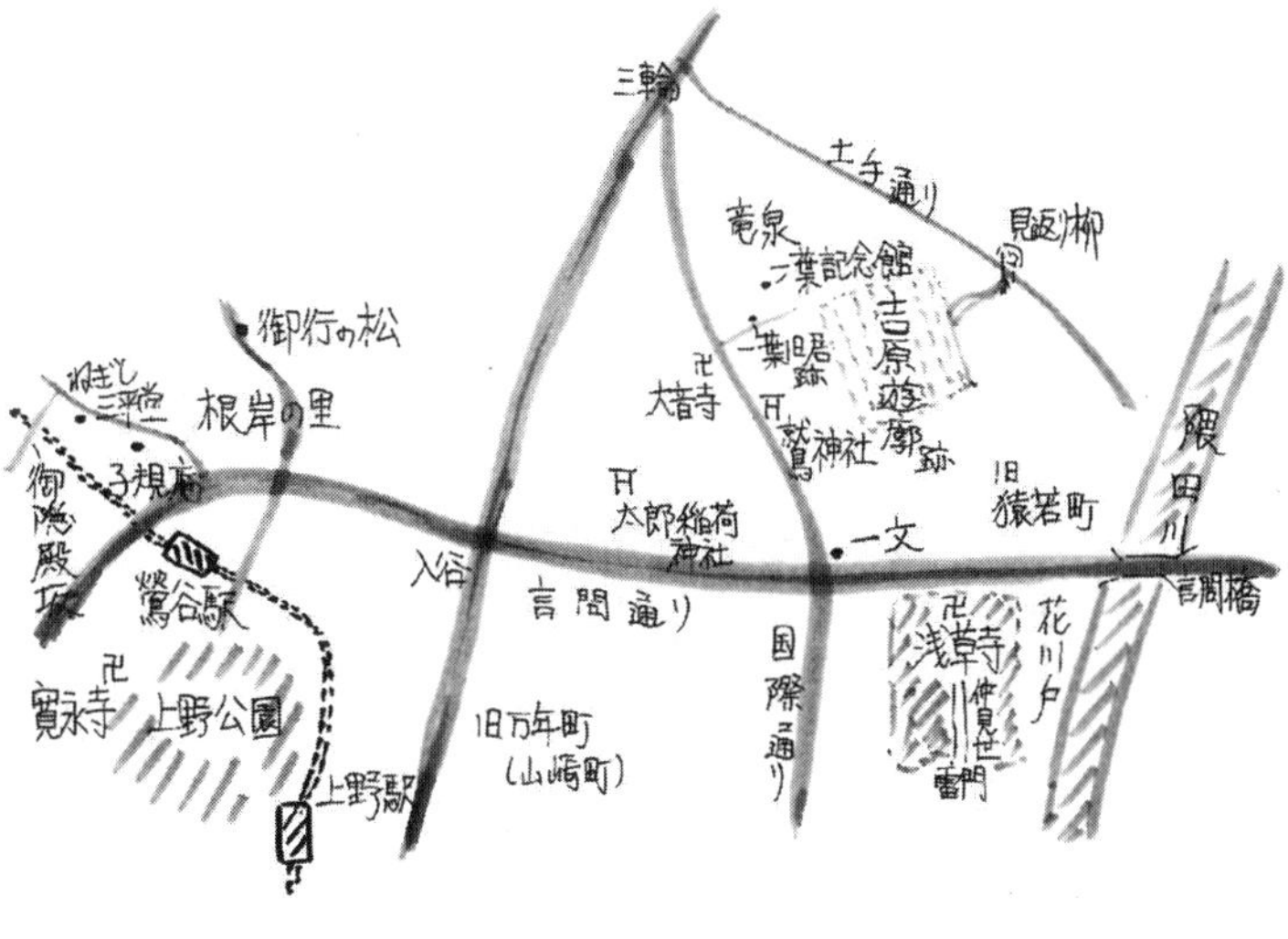
三輪
土手通り
見返り柳
竜泉
一葉記念館
吉原遊廓跡
御行の松
一葉旧居跡
大音寺
鷲神社
ねぎし三平堂
根岸の里
子規庵
御隠殿坂
鶯谷駅
太郎稲荷神社
旧猿若町
隅田川
入谷
一文
言問通り
言問橋
寛永寺
上野公園
国際通り
浅草寺
花川戸
仲見世
雷門
旧万年町
(山崎町)
上野駅

たと答える。確かにそうだと根岸に戻って晋斎にいうと、一緒に見届けようというので酒を飲みながら待っていたところ、果たして伊之助がやってきて、お若の部屋に入っていくではないか。

晋斎は種子島で伊之助を打ち殺した。ところが死体を確認すると、大狸であった。

月満ちて、お若が産み落としたのは双子の狸。絶命したので葬り、そこに塚を立てたという。これが根岸お行の松、因果塚の由来。

狸塚

今ある、御行の松は四代目ということですが、志賀直哉の『暗夜行路』序詞にも登場します。

　更に十日程すると、何故か私だけがその祖父の家に引きとられる事になった。そして私は根岸のお行の松に近い或る横丁の奥の小さい古家に引きとられて行った。

また、九鬼周造、サルトルにフランス語を学び、ベルクソンに影響を受け、ハイデガーに師事するなど当時の欧州哲学の最先端を受容して、それを『「いき」の構造』として結晶させていったかの九鬼周造ですが、その随筆「岡倉覚三氏の思い出」には、次のようにあります。

私が八、九歳で、小学校の一、二年の頃、父は麹町の三年町に住んでいたが、母は兄と私とを連れて下谷の中根岸のお行の松の近所に別居していた。そのころ岡倉氏の家は上根岸にあったがよく母を訪ねてこられた。

父というのは、文部官僚から駐米特命全権公使になった男爵・九鬼隆一のことであります。天心岡倉覚三に対してはパトロン的な役割で、ずいぶん援助しますが、妻波津子と天心との不倫関係が分かってからは、関係が決裂しました。で、九鬼周造が根岸にいた頃というのは、天心と周造の母とがいい仲にあった頃でして、周造は自分の本当の父は天心ではないかと疑ったこともあったといいますな。この辺の事情は、松本清張の『岡倉天心　その内なる敵』に詳しく書かれております。

根岸の里は、たくさんの文人が住んでいたところで、お行の松の近くに、谷文晁(ぶんちょう)や酒井抱一(ほういつ)、その弟子鈴木基一(きいつ)もおりました。江戸の別荘地でご隠居所もたくさんあり、落語『茶の湯』の舞台でもあります。それから、

妻よりは妾(めかけ)の多し門涼み

と正岡子規が詠んでいるように、「粋な黒塀　見越しの松」のある妾宅もたくさんあったところなんですな。その正岡子規も根岸の里に母と妹と共に住んでおり、子規庵は空襲で焼けますが、戦後再建されて現在も見学できます。子規庵での闘病生活の様子は『墨汁一滴』『仰臥漫録』『病牀六尺』などに描かれておりますが、子規と秋山真之、夏目漱石との交友関係については、司馬遼太郎の『坂の上の雲』、伊集院静の『ノボさん』などを読まれるといいでしょう。

子規庵の近くに「ねぎし三平堂」があり、昭和の爆笑王、林家三平に関する資料、遺品が展示されているだけでなく、落語会も催されます。

竜泉——大音寺、太郎稲荷

廻れば大門の見返り柳いと長けれど、お歯(は)ぐろ溝(どぶ)に燈火(ともしび)うつる三階の騒ぎも手に取る如く、明けくれなしの車の行来(ゆきき)にはかり知られぬ全盛をうらなひて、大音寺前と名は仏くさけれど、さりとは陽気の町と住みたる人の申き、……

樋口一葉の『たけくらべ』冒頭の一節でありますが、根岸から下谷を通り竜泉に出ますと、大音寺があり、一葉は大音寺通りに住んでおりました。大音寺を舞台にした落語が『悋気（りんき）の火の玉』。

浅草花川戸の鼻緒問屋・橘屋の主人は堅物であったが、無理やり吉原に誘われて、こんな楽しいことがあったのかとすっかりはまってしまう。そして、遊女を一人見受けして根岸の里に妾宅を構えた。

そのうち本妻にバレれてしまい、何を言っても「フン！」と冷たくされるので、本宅に十日妾宅に二十日と逆になり、とうとう帰らない月も出てきた。本妻は悋気に耐え切れずに五寸釘で藁人形を杉の木に打ち付ける。それを聞いた根岸のお妾さんは、それならばと六寸釘で藁人形を打ち付けた。それを聞いた本妻は、「ならば七寸釘」、妾は「ならば八寸釘」……ときりのない争いの末、それぞれの思いが通じたのか、二人とも死んでしまった。

初七日も済んだ頃、橘屋の蔵の脇から根岸に向かって火が飛び、根岸からも火が飛び、大音寺まで火の玉通しが「カチーン」とぶつかり合い大騒動になった。……

大音寺

ここでも、お妾さんを根岸に囲っているんですな。花川戸は今でも履物の町であります。『たけくらべ』で、千束神社の祭で表町組の美登利は横町組の長吉らに殴り込みをかけられ、さんざん罵倒された後、泥草履を投げつけられます。

その翌日、

めづらしい事、この炎天に雪が降りはせぬか、美登利が学校を嫌やがるはよくよくの不機嫌、朝飯がすゝまずば後刻(のちかた)に鮨(やすけ)でも誂(あつら)へようか、風邪にしては熱も無ければ大方きのふの疲れと見える、太郎様への朝参りは母(かか)さんが代理してやれば御免こふむれとありしに、いゐいゑ姉さんの繁昌するやうにと私が願(ぐはん)をかけたのなれば、参らねば気が済まぬ、お賽銭下され行つて来ますと家を駆け出して、中田圃(なかたんぼ)の稲荷(いなり)に鰐口(わにぐち)ならして手を合せ、願ひは何ぞ行きも帰りも首うなだれて畦道(あぜみち)づたひ帰り来る美登利が姿、……

ここに出てくる「太郎様」とは、入谷にある「太郎稲荷神社」のことです。もとは筑後柳川十二万石の大名、立花家下屋敷にあった代々守護神であったものをここに移したということでございます。この「太郎稲荷」を舞台にしたのが『ぞろぞろ』で、なんともシュールな落語であります。林家彦六（正蔵）がやりました噺。

太郎稲荷

浅草田甫酉の町詣
(広重名所江戸百景)

浅草田んぼの真ん中に有る太郎稲荷。その参道に、一軒だけ店を構えている、茶店兼荒物屋の主人がお詣りにいつも行っている。このところ客足さえ無いのに、雨が降ってくると、雨宿りをしている客が足元が悪いとワラジを買っていく客があった。三年も売れなかった物が売れたのだ。次の客もワラジを欲しがり、全て売り切れてしまい、品切れになった。

新たな客に今売れてしまったので無いと断るが、天井からワラジが下がっている。いぶかしみながらそれを売ると、次のワラジがぞろぞろと天井から下がってくる。ワラジがどんどんと売れて大繁盛。その評判で参拝客がつめかけ、稲荷も綺麗になった。

田町の床屋の主人がそれを聞いて、言われ

るままに太郎稲荷に行って、「この前の茶店同様の御利益をお願いします」と願掛けに行って来ると、願が叶って、店に帰ると、普段客など見ないぐらい暇なのに、入る所もないほど満員の客で埋まっていた。客をかき分け店に入り、最初の客を椅子に座らせ、「おまちどおさま、どこをやりましょう」「髭をあたって、くれ」、「ハイ、私に任せなさい」、自慢の剃刀で髭をツ〜と、やると、新しい髭が、ぞろぞろ！

大音寺前から千束の方へ行くと、そこはかつて「北廓」と言われ賑わった「吉原遊廓」のあったところ。吉原を舞台にした廓噺は『五人廻し』『三枚起請』『干物箱』『錦の袈裟』『紺屋高尾』『幾代餅』『お直し』『明烏』などなどたくさんありまして、廓噺をなくしてしまったら、落語の半分はなくなってしまうのではと思ってしまうほどでして、さて八代目文楽の十八番『明烏』は、『たけくらべ』の美登利が、

伯母さんあの太夫さんを呼んで来ませうとて、はたはた駆けよつて袂にすがり、投げ入れし一品を誰れにも笑つて告げざりしが好みの明烏さらりと唄はせて、又ご贔屓をの矯音これたやすくは買ひがたし、……

とあります、新内の名曲『明烏』から来ております。

美登利は、「ゑゝ厭（い）や厭や、大人になるは厭なこと」と言っても、赭熊（しゃぐま）から嶋田に結い直し、吉原のお歯黒溝の内側で生きていかねばなりません。一葉は大音寺前で小間物屋をやりながら、店にやってくる〝美登利〟の行く末に思いをはせていたことでございましょう。

一葉の歌の師匠は「萩（はぎ）の舎（や）」の中島歌子ですが、第一五〇回直木賞は、中島歌子の波乱の人生を描いた『恋歌』で朝井まかてが受賞とのことでございます。

浅草――浅草寺、猿若町

浅草・金龍山
（広重名所江戸百景）

吉原から浅草まではすぐであります。浅草寺の仲見世の「人形焼き屋」をなどをひやかすのは『付き馬』ですが、『たけくらべ』にも、

お前の父（とゝ）さんは馬だねへと言はれて、名のりや愁（つ）らき子心にも顔あからめるしほさらしさ、

とありますが、「付き馬」とは遊里で遊んだが

代金を払えない客に付いて自宅まで金を取り立てに行く「若い衆」のことで、『付き馬』ではさんざん遊んだ客が、若い衆を浅草寺境内や仲見世などあちこち引き回し、飲食代まで立て替えさせて姿をくらませてしまうというお噺です。

その浅草寺の五重塔の擬宝珠をなめて元気になったというお話の『擬宝珠』、浅草寺境内での行き倒れについてやりとりする、立川談志が哲学的な落語といった『粗忽長屋』、浅草馬道に住む按摩のお噺、円朝作の『心眼』、浅草阿部川町に住む柳田格之進が、馬道に住む万屋源兵衛と碁で親しくなることから始まる『柳田格之進』と浅草を舞台としたお噺もたくさんありますな。

さて、浅草寺の裏手、言問通りを言問橋のたもとの方へ進みますと、そこには元の江戸の芝居町、猿若町がありました。天保の改革で、境町の猿若座（中村座）、葺屋町の市村座、木挽町の守田座という江戸三座がここに移されて、猿若町という芝居町になります。初代猿若（中村）勘三郎が、猿若座の創始者でありますが、十八代目中村勘三郎が「平成中村座」の芝居小屋を浅草寺境内や言問橋のたもとの隅田公園に建てたのも、猿若座に近い地縁があったからであります。

さて勘三郎が「平成中村座」という小屋がけ芝居をしたのは、本学園駒込中学を卒業された唐十郎の大ファンであり、状況劇場の紅テント芝居を観て強く影響され、江戸の歌舞伎とは本来こういうものではないかと、作ったのが「平成中村座」なんですな。私も浅草寺境内での「平成中村座」で勘三郎の『法界坊』を観て惚れ込みました。勘三郎が亡くなられる年に、隅田川で行った「平成中村座」を観ることができなかったのが悔やまれますな。ちなみに、私の中学、高校の同級生である佐野史郎くんは状況劇場にいたことがあり、状況劇場にいなければ役者を続けていなかったろうといっております。勘三郎とはテレビドラマ「河井継之助」で一緒してますな。

つげ義春の奥さん藤原マキは、状況劇場の女優で、「腰巻きお仙」を最初に演じたということです。また、佐野史郎はつげ義春の大ファンで石井輝男監督の『ゲンセンカン主人』に出ています。とまあ、縁は円となって繋がっているわけですな。唐十郎は下谷万年町生まれで、それが『下谷万年町物語』に結実しているのですが、『たけくらべ』に登場する三五郎は万年町に育ちます。万年町は山崎町が明治になって改名されたのでして、『黄金餅』の金兵衛と乞食坊主の西念が住んでいた下谷山崎町と万年町とは同じ所であります。

さて、芝居を元にした落語も沢山あります。『四段目』『七段目』『中村仲蔵』『淀五郎』と、

猿わか町よるの景
（広重名所江戸百景）

猿若町

いずれも『仮名手本忠臣蔵』が元になっております。私は昨年の暮れに歌舞伎座の十二月大歌舞伎の千穐楽（せんしゅうらく）で、「七段目」「十一段目」を一幕観席で観て参りました。大星由良之助を幸四郎、寺岡平右衛門を海老蔵、おかるを玉三郎が演じ、あまりにすばらしいので、「高麗屋！」「成田屋！」「大和屋！」と前々からやりたいと思っておりました大向こうからの声掛けをやっちゃいました。「十一段目」の「討ち入りの場」に、私のかみさんの親戚で国立劇場の研修生時代から七之助に付いている、まだ「稲荷町」ですが中村仲弥くんが高家の女として出ていたのを観られたのも幸せでした。中村仲蔵については、松井今朝子が『仲蔵狂乱』という小説を書いておりますな。『淀五郎』の中に登場する市川團蔵は、玉蘭会の元会員で「文化のつどい」に芝雀さんをご紹介してくださった当代九代目團蔵さんの、四代目か五代目の團蔵のことであります。

　歌舞伎といいますと、駒込学園太鼓部「疾風」で活躍しておりました吉村海くんが四代目尾上松緑さんの弟子となって尾上松三の名前を頂いて歌舞伎座などの舞台に立っております。また、同じく和太鼓部の十代目部長の北薗亮介くんが四代目市川猿之助さんの弟子となって歌舞伎俳優となろうとしているのも楽しみですな。

　さて、これから上野寛永寺に廻り、根津遊廓の跡に戻って、この『落語の舞台を歩く』散歩を終えようと思っていたのでありますが、あんまり長く歩いてくたびれたので、『ねぎまの殿様』に出てくる『ねぎま鍋』をつつきながら一杯やって休もうと、浅草の居酒屋「一文」に入ってしまいました。お許し願えましたならば、来年の「たらちね」でまた散歩の続きをさせていただこうと存じます。

それでは、お後がよろしいようで。

落語の舞台を歩く　続編

――上野、根津、団子坂――

月見るや上野は江戸の比叡山　子規

上野 ―― 寛永寺（清水堂、穴稲荷）、山下、広小路

えー、さてこの落語散歩は『たらちね』（第四十三号）で浅草まで来まして、その続きを次号でと考えておりましたが、『たらちね』の編集方針が変わったようでして、その後載ることはありませんでしたな。そのままで途切れますのも落ち着かないので、この度拙書を梓（し）に上（のぼ）すにあたって、浅草から上野、根津、団子坂と戻ってみようと思います。

浅草から上野に向かう途中に稲荷（いなり）町がありますが、ここは「稲荷町の師匠」林家彦六師匠が住んでおりました。そこから上野のお山を登れば、上野恩賜公園、ここは寛永二年に、天海大僧正によって創建された寛永寺の伽藍が立ち並んでいた所でして、今の噴水広場の所には壮大なる根本中堂あったんですな。駒込学園の濫觴（らんしょう）、勧学講院も天和二年に寛永寺の境内で了翁禅師によって興されたものでございます。ところが、幕末の戊辰戦争で、境内に彰義隊がたてこもって戦場と化し、全山の伽藍の大部分が灰燼に帰してしまったのでございます。この様子は、吉村昭の『彰義隊』に詳しく描かれておりますので、一読されると興味深いものがあります。

さて、この上野戦争で燃えずに残ったのが、京都の清水寺を見立てた清水観音堂でして、落語『崇徳院（すとくいん）』で若旦那とお嬢さんがお互いに一目惚れをしたのがここの茶店でございますな。

大店の若旦那が病気になり寝込んでしまい、困った主人が熊さんに何とかならないかと相談する。熊さんが若旦那から聞き出すと、上野の清水堂でお詣りを済ませ茶店で休んでいると、お供を連れたお嬢さんを見かけた。水も垂れるようなお嬢さんが茶袱紗(ふくさ)を落としたので渡してあげると、木の枝に結んであった短冊がひらひらと舞い落ちてきた。その短冊を見ると、

　瀬を早み岩にせかるる滝川の

という崇徳院の歌の上の句で、下の句

　われても末にあはむとぞ思ふ

という「末には夫婦になりましょう」という謎掛け。それ以来、何を見てもお嬢さんに見えるという恋患(わずら)いにかかってしまった。医者の見立てでは若旦那はあと五日の寿命だから、五日以内にお嬢さんを探し出してくれ、めでたく探し出したら三軒長屋をあげるから、と頼まれた熊さんは、「瀬を早み〜」と口に出しながら床屋三六軒、湯屋十八軒と探し回るが見つからない。疲れた身体を床屋で休めていると、近くの頭(かしら)が四国に若旦那を探しにいくという。大店のお嬢さんが恋患いで、上野の清水堂である若旦那に袱紗を拾ってもらい、別れ際に崇徳院様の歌の短冊を渡したが、どこのだれだかわからない、と言う。熊さんは「三軒長屋がここにいたか」、頭は「危なく四国に行くところだった」。互いに胸ぐらをつかみ合い、家に

穴稲荷・上野

上野清水堂不忍ノ池
(広重名所江戸百景)

来い、いや俺の所に先に来い、と争っているうちに、床屋の商売道具の鏡を割ってしまう。床屋の親方が「どうしてくれる、この鏡」、

「親方、心配はいらねえ。割れても末に買わんとぞ思う」

百人一首にとられたこの歌には、保元の乱に敗れ讃岐(さぬき)に流された崇徳院の怨みも込められているようですが、その怨念のすさまじさは能『松山天狗』や上田秋成の『雨月物語』「白峰」に描かれております。

上野公園を不忍池の方に下りますと、上野戦争の最後の激戦地となった穴稲荷があります。ここは古今亭志ん生の噺(はなし)、円朝作『穴釣り三次(あなつりさんじ)』の中で、上野三筋町の紙問屋「甲州屋」の一人娘、お梅さんが「穴釣り三次」に殺され、不忍池に投げられる場所なのですな。そして、同じく志ん生の噺、円朝作『心中時雨傘(しぐれがさ)』

で、お初さんが根津権現のお祭りから上野稲荷町の家に帰る途中、根津の冷やかし帰りの三人組に呼び止められて、穴稲荷の暗闇に引きずり込まれそうになるのでございます。
というわけで、穴稲荷はたいそう物騒な場所だったんですな。

さて、上野の山下にあった大店「河内屋」を舞台とした噺が、八代目桂文楽の十八番(おはこ)『大仏(だいぶつ)餅(もち)』でございます。

積もりそうな雪が降って来た時父親が怪我をしたので血止めを分けて欲しいという子供が「河内屋」の店の中に入ってきた。聞けば、新米の盲目乞食が仲間内から縄張りを荒らしたと小突かれて怪我をしたという。店のご主人は気ぃよく奥から、取って置きの薬を塗ってあげた。子供の歳を訊くと六つだという。当家の息子も袴着(はかまぎ)の祝いで八百善(やおぜん)から料理を取り寄せて、お客さんに食べて帰ってもらったところだが、息子は旨い不味(まず)いと贅沢すぎる。その反対にこの子は雪の中、裸足で親の面倒をみている感心な子だ、と料理を分けてあげたい、とご主人。そこに出した面桶(めんつう)は朝鮮さわりの水こぼしという茶人が使う高級品。それが分かって、その親子を部屋に上げて八百善のお膳を二つ用意した。

聞くと、過日は八百善の料理を味わっていたこともあるし、お茶の心得もあったが、今では貧乏して茶道具はすべて売り尽くし、それでもこの水差しだけは手放せなかった。千家の宗寿（そうじゅ）門弟で芝片門前に住んでいた神谷幸右衛門だという。主人はあの神谷さんですかと驚いた。出入りの業者が、庭がどうの茶室がどうのと言っていたが、一度お招き頂いたのに所要があって伺えず残念でしたと述懐した。その河内屋金兵衛です、と自己紹介した。お互い相知った仲であった。

鉄瓶点（てつびんだ）てで、お薄を差し上げたい、お菓子がないので、そこにあった大仏餅を菓子代わりに差し出した。子供と食べ始めたが、その大仏餅を喉に詰まらせ息が出来なくなってしまった。あわてて、背中を強く叩いたら息ができるようになったと同時に、目が見えるようになった。そこまではよかったが、鼻がおかしくなって声が巧く出ないようになってしまった。

「鼻？　今食べたのが大仏餅、眼から鼻ィ抜けた」

落語『大仏餅』は円朝作の三題噺で、お客さんから、大仏餅・袴着の祝・新米の盲目乞食のお題をもらって、即興で円朝が作ったものでございます。

また、大仏餅は上に大仏の像を焼き印で押したもので、江戸時代に京坂地方で流行したのが、江戸にも入ってきて浅草並木町の両国屋清左衛門が始めたといわれておりますな。浅草の観音詣でをした人に土産として売れたそうですが、今はございません。さて、文楽は昭和四十六年八月、国立小劇場の〈落語研究会〉で『大仏餅』を口演中、神谷幸右衛門の名を忘れて絶句。「勉強し直して参ります」と言って楽屋に下がっていき、これが文楽最後の高座となったのでございます。

その桂文楽は、上野の黒門町に住んでおりましたので「黒門町の師匠」と呼ばれておりましたな。

さてこの上野の広小路御成街道には、お侍相手の武具店が多かったのですが、その武具店を舞台とした落語が『普段の袴』です。

根津——七軒町、清水町、根津神社

上野から不忍通りを根津に向かうと、根津七軒町がありました。ここは、さきほどお話しした『穴釣り三次』に出てきます植木屋九兵衛（実は穴釣り三次）が住んでいた所であり、落語『阿武松』に出てくる関取、錣山喜平次の住んでいた所でもございます。そして、何よりも根津七軒町といえば、円朝の名作『真景累ヶ淵』の皆川宗悦と、その長女豊志賀の住んでいた所ですな。

昔根津の七軒町に皆川宗悦と申す鍼医がございまして、この皆川宗悦が、ポツポツと鼠が巣を作るように蓄めた金で、高利貸しを初めたのが病みつきで、段々少しずつ溜るに従っていよいよ面白くなりますから、大した金ではありませんが、諸方へ高い利息で貸し付けてございます。ところが宗悦は五十の坂を越してから女房に別れ、娘が二人有って、姉は志賀と申して十九歳、妹は園と申して十七歳でございますから、その二人を楽しみに、夜中の寒いのも厭わず療治をしては僅かの金を取って参り、その中から半分は除けておいて、少し溜るとこれを五両一分で貸そうというのが楽しみでございます。安永二年十二月二十日の事で、空は雪催しで一体に曇り、日光おろしの風は身に染みて寒い日

宗悦は、小日向服部坂上の深見新左衛門の屋敷に借金返済の催促に参りますが、新左衛門は返さないどころか、宗悦を切り殺してしまいます。その長女豊志賀ですが、――

引き続きまして真景累ヶ淵、前回よりは十九年経ちましてのお話に相成りますが、根津七軒町の富本の師匠豊志賀は、年卅九歳で、誠に堅い師匠でございまして、先年妹お園を谷中七面前の下総屋という質屋へ奉公へ遣っておきましたところ、図らぬ災難で押切の上へ押倒され、新左衛門の長男新五郎のために非業の死を遂げましたが、それからは稽古をする気もなく、同胞思いの豊志賀は懇に妹お園の追福を営み、追々月日も経ちますので気を取直し、またやっぱり稽古をする方が気が紛れていいから、と世間の人も勧めますので、押っ張って富本の稽古をするようになりました。

さて、その豊志賀の弟子として食客（いそうろう）で手伝いに来たのが、新左衛門の次男新吉でございます。その年の十二月二十日の、霙（みぞれ）がパラパラと降って、極寒い晩、

豊「お前寒くっていけまい、こうしておくれな、私も淋しくっていけないから、私のネコの上掛けの四布蒲団（よのぶとん）を下に敷いて、私の掻巻（かいまき）の中へお前一緒に這入って、その上へ五布蒲団を掛けると、温かいから、一緒にお寝な」

新「それはいけません。どうして勿体ない、お師匠さんの中へ這入って、お師匠さんの身体から後光が射すと大変ですからな」

豊「後光だって、寒いからサ」

と到頭二人は同衾（ひとつね）をして深い仲になりましたが、そこに熱心に稽古に通ってきます小間物屋の娘お久は男惚れのする愛らしい娘で、新吉と互いに笑い合うのを見た豊志賀は心で妬（や）きます。

師匠は修羅（しゅら）を燃して、わくわく悋気（りんき）の焔（ほむら）は絶える間は無く、益々逆上して、目の下へポツリと訝（おか）しな腫物（できもの）が出来て、その腫物が段々腫上（はれあが）って来ると、紫色に少し赤味がかって、爛（ただ）れて膿（うみ）がジクジク出ます、眼は一方腫塞（はれふさ）がって、その顔の醜（いや）な事というものは何ともいいよう

が無い。一体少し師匠は額(ひたい)の処(ところ)が抜上っている性(たち)で、毛が薄い上に鬢(びん)が腫上っているのだから、実に芝居で致す累(かさね)とかお岩とかいうような顔付でございます。

このような顔の豊志賀の看病に疲れた新吉が、戸外でお久と出くわして、二人で鮨屋の二階に上がりますと、急にお久の顔が豊志賀のようになります。びっくりしてお久を置き去りにして、伯父の勘蔵の家に戻りますと、重病の豊志賀が来ております。駕籠(かご)に乗せて戻そうとすると、七軒町の隣人がやって来て、豊志賀が死んだという報せ、そんな馬鹿な、駕籠の中にいるはずだと一笑に付して中をのぞくが、中には誰もいません。豊志賀は自害、新吉の妻を七人まで取り殺すという書置きをそこに見つけるのでございます。

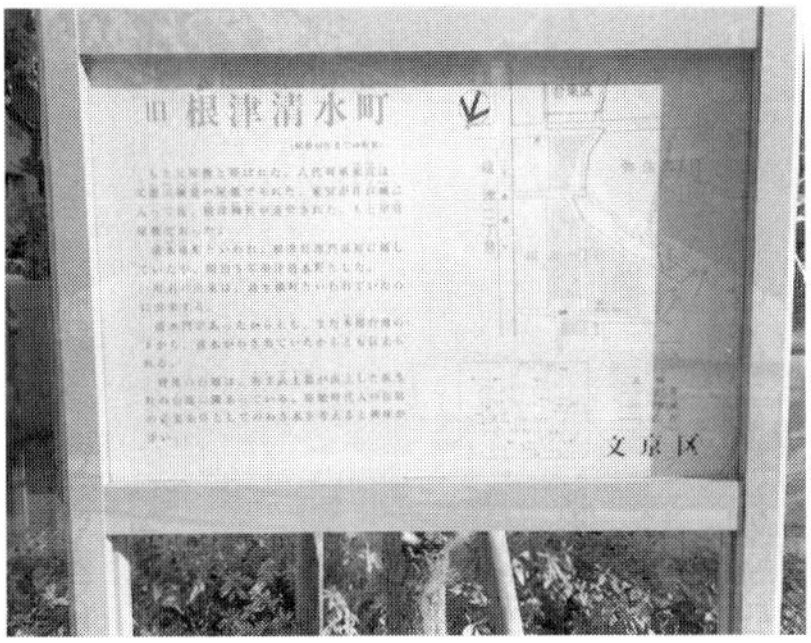

根津・清水町

『真景累ヶ淵』はまだまだ続きますが、この「豊志賀の死」のところがしばしば高座にかけられます。

不忍通りをさらに西に行きますと、根津清水町がございます。ここは、『怪談牡丹燈籠』の萩原新三郎が「根津の清水谷に田畑や貸長屋を持ち、その上(あが)りで生計(くらし)を立てている浪人」として設定されております。

森まゆみさんの『不思議の町　根津』によりますと、中里介山は根津にあった「玉流堂」という本屋を弟にやらせ、その二階で『大菩薩峠』を書いていたそうですな。また、落語つながりで言えば、立川談志も鮮魚店「根津　松本」の近くに棲んでおりましたな。魚屋「根津　松本」のご主人は、ＮＨＫ「プロフェッショナル」でも紹介された魚の目利きで、本校の卒業生松本宙くんのお父さん松本秀樹氏でございます。

そこからさらに西にいきますと、根津神社がございます。根津神社は元は団子坂の上にあったものを、宝永三年、五代将軍綱吉が、兄の甲府藩主綱重の子、綱豊を六代将軍家宣に定めた後、その綱重の下屋敷で綱豊の生まれた地に造営させたのでございます。

その根津神社の門前町は根津遊廓として栄えたんですな。円朝作で、六代目三遊亭圓生の噺『敵討札所(かたきうちふだしょ)の霊験(れいげん)』には次のように紹介されております。

> 根津権現にお参りして、惣門から出てくると、このあたりには当時、根津の廓(くるわ)がございました。この根津というところは妙なことで、廓が興(た)ったり廃(すた)れたりすることが幾度もありました。もっとも盛ったのは天明時代で、当時吉原のむこうを張って、惣門内を花魁(おいらん)道中したという、なかなか向こうッ気の強い花魁もいたと申します。

天保の改革の時にいったん廃れてしまいましたが、明治元年に再興いたしました。ところがそばに、現在の東大がありましたために洲崎に移されて、新地という名がつきました。

この「そばに、現在の東大がありましたために洲崎に移されて」というのは、森鷗外の発禁となった『ウィタ・セクスアリス』を読みますと、明治の東京帝生の中に根津遊廓に入れ込み、身を持ち崩した者がいたためだということが分かりますな。

根津神社楼門

安達が根津の八幡楼という内のお職とたいへんな関係になった。女が立て引いて呼ぶので、安達はほとんど学科を全廃した。女のところには安達の寝巻やなんぞが備え付けてある。……二三日安達の顔を見ないと癪を起こす。古賀がどんなに引き留めても、女の磁石力が強くて、安達はふらふらと八幡楼へ引き寄せられて行く。……

安達はほどなく退学させられた。……また数年の後、古賀が浅草の奥山で唐桟ずくめの頰のこけたすごい顔の男に会った。奥山に小屋掛けをして興行している女の軽技師があって、その情夫が安達の末路であったそうだ。

このように東京帝大生を堕落させてしまうということで、根津遊郭は江東区の洲崎に移転されますが、そこで生きる人びとを描いたのが芝木好子の『洲崎パラダイス』でございます。

さて、この『敵討札所の霊験』という噺で、根津遊廓は次のように登場いたします。


水司又市という田舎侍が根津の廓を、物珍しいのであちらこちらと見まわしながら歩いてくる。そこにそばの茶屋からすっと出てきたのが、年頃十七、八でございましょう。大島田が少しこう横に傾いて、露のたれるような小長い笄を差し、お白粉をつけたところへ、眼の縁が酒の加減かほんのり赤くなりましたところは、いやどうも実に得もいわれぬ美しさ。鬢の後れ毛が二、三本、顔へぱらっと下がりまして、着ておりますのが緋の山繭の胴抜。その上へ藤色縮緬の裾模様一つ紋の部屋着に、紫繻子の衿をかけまして、下は燃え立つような緋縮緬の長襦袢。木履をはいて、酒の機嫌か少しよろけながら、若い者と冗談を言いながら向こうへ歩いて行く。

その姿をものに憑かれたように水司又市、うしろからじいーっと見送っていたが、

「うーん、じつにええ女子じゃな。嬋妍窈窕たるとはこれを言うか。あの、眼の縁をほんのり赤くして、鬢のほつれ毛が顔へこう下がった塩梅なぞというものは、じつにはや、ああどうにもたまらんな。古の小町、唐土の楊貴妃といえども、これに優ることはあるまい。……」

とまあ、一目でその花魁小増に惚れ込んで、増田屋に登楼するが、何度訪れても振られてばかり、とうとう我慢できずに店の若い衆に乱暴を働いているところを、水司と同じ榊原藩の重役中根善右衛門の伜、善之進に見咎められて、扇で月代際のところをぱァんッと打たれる、額は破れて、血がたらたらッと流れます。水司はこの恨みを晴らそうと、根津七軒町にある大正寺の前の石置き場の陰に身をひそめて、待ち構えます。そこに通りかかった善之進に、水司は細身の太刀を引き抜き、「最前の遺恨、思い知れッ」と切り殺してしまったのでございます。このお噺は、水司が逃げた越中、高岡に舞台を移して続くのですが、根津を舞台にしたところまでのご紹介とさせていただきます。

団子坂

この「落語の舞台を歩く」の大トリは『団子坂奇談』。「団子坂」を舞台とした落語があるということを教えて頂いたのは、双葉タイプ印書店社長の石川正之さんでございます。あまり高座に上ることのないこの噺は九代目入船亭扇橋がやっておりましたが、今は弟子の入船亭扇辰がやります。矢野誠一によれば、この噺は扇橋が二代目橘家文蔵に教わったということでございます。

旗本の侍、弥太郎は「いつまでも武家の世は続かず、これからは町人の世になるだろう、なにか手に職をつけよう」と、桜の咲く頃、浅草の観音様の奥山あたりを歩いていると、茶店で休んでいた職人がこんなことを言っているのが耳に入る。「おい、見たかい、団子坂の桜。きれいだったなぁ。桜といやぁ、上野、飛鳥山というが、団子坂の桜を見た日にゃあ、ほかの花なんざぁ、かすんでしまわぁね。」そんなにきれいな桜が団子坂に咲いているのならば、一度見に行ってみようと弥太郎、浅草から、田原町、稲荷町、上野、池之端、七軒町、根津八重垣町と歩いて団子坂を上ると、「みごとな桜だなぁ、薄紅を流したようなというか、雲とまごうようだなぁ」。小腹がすいたので何か腹にいれようかとふと見ると、風に揺れているのれんがあり、蕎麦屋「おかめ屋」がある。一つ蕎麦でもと、のれんをくぐるとそこにはいい器量の娘さんがいた。町内小町と評判のお絹さん。弥太郎は一目惚れをして恋患い。本所の母親は、それなら嫁にもらってやろうと蕎麦屋の親方に掛け合うが、親方は「この店は私と一人娘でやっているので、娘をやれば店を畳めということ、とてもやるわけにはいかない」という。それを聞いた弥太郎は、「それならば、自分が蕎麦の打ち方を仕込んでもらって、蕎麦屋になろう」と親方に話し、それからは「おかめ屋」に住み込んで、朝は暗いうちに掃き掃除、昼は蕎麦の打ち方、出汁（だし）の取り方、種の拵（あつら）え方を教わり、暗くなるまで毎日修業に励んでいた。

花も散り、じとじとした梅雨時の、むし暑く寝苦しいある夜の八つ時、寝付けないでいた

千駄木団子坂花屋敷
（広重名所江戸百景）

弥太郎、どこぞの寺の音がごーん。そこにゴトリゴトリと裏の戸を開ける音、コトコトという駒下駄の音が聞こえる。お絹さんが外に出かけるのだ。弥太郎は「ははあ、そうか、お絹さんに男ができたな」と後をつけていくが、汐見坂（三崎坂）の方へ上っていった後、お絹さんの姿を見失ってしまう。

それから夏がやってきて、昼間の暑さが残るむんむんするある夜の八つ時、どこぞの寺の音がごーん、ゴトリゴトリと裏の戸を開ける音、コトコトという駒下駄の音が聞こえる。今夜こそは、見届けようと弥太郎は、月明かりの下をふわっふわっと蝶のように歩いていくお絹さんの後をつけていく。前のように汐見坂（三崎坂）を上っていくお絹さんがすっと曲がって行ったのは谷中の墓地。見ていると、墓の間を縫っていったお絹さんが、あるまだ新しい土饅頭（まんじゅう）の所に来て、立ててあった塔婆（とうば）を引っこ抜き、土を掘り返して、小さな棺桶から赤ん坊の仏を取り出したと思うと、その赤ん坊の腕に喰らいついてムシャムシャと食べ始めた。弥太郎が踏んでポキッと音がしたのに振り向いたお絹さんの顔、月明かりで口の周りが血でべっとり。ぎゃーっと逃げ帰った弥太郎は、翌朝、

親方に「お暇を頂きとうございます」その訳を訊いた親方は、

「ふふふ、暇を出すわけにゃぁいかねえな。考えてみねぇ、お絹が腕を齧るのなんざぁどうってことあるめぇ。おめえはその年で親の脛を齧ってる」

蕎麦屋の老舗「藪蕎麦」の発祥地は、「団子坂蔦屋」でございますな。「蔦屋」がなぜ〝藪〟という名になったかと申しますと、あまりに周りに竹が多くて自然と「藪」と通称されるようになったということでございますな。その暖簾分けとなる、藪蕎麦御三家とは、「かんだ藪蕎麦」、「並木藪蕎麦」、「池之端藪蕎麦」ですが、「かんだ藪蕎麦」は山本おさむ『そばもん』にも紹介されましたが、ここの娘さん二人とも駒込学園の卒業生でございます。

この「落語の舞台を歩く」、最後は、学園のある「千駄木」の地名の由来をご紹介して終わりとさせていただきます。太田道灌が栴檀木を植えて、それが茂ったことからとか、一日千駄の薪を切り出す雑木林であったことからとか、諸説あるのですが、私としては、寛永寺で焚く護摩の木を千駄納めたという説を取りたいですな。なぜならば、東叡山寛永寺建立後は、ここは御宮および大猷院殿御霊屋の御薪林として寛永寺領に附せられ、延享二年以降は寒松院と、筑土仁海先生がご住職の東漸院の二子院の管領地となっていて、駒込学園と因縁深いからでございます。

初出一覧

国語の力って何？——読み書きのこと——
……『駒込学園研究紀要　第七集』（平成八年度）

『愛玩』（安岡章太郎）を高校生と読む
……書き下ろし

天台宗中学時代、松江・普門院時代の中西悟堂
……『駒込学園研究紀要　第十集』（平成十一年度）

『もののけ姫』と鑪製鉄——「総合学習」の課題設定についての試案——
……『駒込学園研究紀要　第十一集』（平成十二年度）

リディツェ村の悲劇
……『駒込学園研究紀要　第十四集』（平成十五年度）

高生研国語サークル・夏のブックトーク二〇〇八に向けて
……ブックトークに向けての資料

駒込学園周辺のお寺を巡る文学散歩
……駒込学園玉蘭会誌『たらちね』第四十一号（平成二十三年度）

『団子坂』物語
……駒込学園玉蘭会誌『たらちね』第四十号（平成二十二年度）

「蕎麦屋」「小料理屋」「焼鳥屋」を巡る文学散歩
……駒込学園玉蘭会誌『たらちね』第四十一号（平成二十三年度）

落語の舞台を歩く——千駄木、谷中、根岸、竜泉、浅草——　雲山亭呑介
……駒込学園玉蘭会誌『たらちね』第四十三号（平成二十五年度）

落語の舞台を歩く　続編——上野、根津、団子坂——
……書き下ろし

あとがき

私は、一九五五年一月十六日に島根県松江市忌部町に生まれた。

その後、松江藩主の墓所のある旧市内月照寺の隣の中学校に通うことになるのだが、あろうことか同級生達は私に「忌部」という綽名をつけたのである。つまり「田舎者」という意味を込めて莫迦にしたのであろう。しかし、「忌部」の地名は、「松江」という地名よりずっと古く、『出雲風土記』に出ているのだ。

「忌部の神戸。郡家の正西廿一里二百六十歩なり。国の造神吉詞奏しに、朝廷に参向ふ時に、御沐の忌里なり。故れ、忌部と云ふ。」（忌部の神戸。郡の役所の正西二十一里二百六十歩にある。国の造が、神吉詞を申し上げるため、朝廷に参上する時に、みそぎをする潔斎の地である。だから、忌部という。）というわけで、「忌部」は潔斎の聖地であり、莫迦にされるいわれはない。

父は大正六年生まれで、日中戦争に従軍し、重慶に向かう途中で重篤な痔疾のために上海に戻され、一度復員したが、再度召集されて敗戦時には台湾警備の任に就いていたそうだ。母は大正十四年に、忌部より更に山奥に入った大原郡山王寺に生まれ、父の復員後、忌部の「茶畑」（屋号）に嫁いで、三人の男子を生み育てた。私は末子である。父は戦後、島根県庁の農林課に勤めるようになるが、家が農家であったので、農作業は普段は母、日曜日は父もやった。稲刈りの時は、刈り取った稲を稲架（ハデ）の上の父に投げ上げるのは私ら子どもの仕事であった。耕運機、田植え機のない頃だったので、田を耕すのは近隣の牛を飼っている家に犂（すき）を引いてもらい、田植えの時は部落総出で女性らが一列になって植えていった。その列に、適宜苗の束を放り投げるのが私の役割である。小学生の頃は、友達と野原や稲刈り後の田圃（たんぼ）やらでちゃんばらごっこをしたり、転げまわったりして遊んだ。ペッタンやコッチンをした記憶もある。

そんな私が、中学受験をして、冒頭に書いた中学校にバスで通うようになった。

私が文学に目を開かされたのは、中学時代に国語を教えて頂いた石賀昇先生であった。あるとき、先生は北川冬彦のこんな詩を紹介された。

　　椿

女子八百米リレー。彼女は第三コーナーでぽとりと倒れた。
落花。

椿ってほんとにこんなふうに花をぽとりと落とすんだよなと、椿の落花をこんな詩にできるのかと、私は衝撃を受けた。

太宰治の『走れメロス』は、最後の「メロスは赤面した」の意味を読み取らなければ読んだことにならないんだよ、と言われ、目から鱗（うろこ）であった。同じ太宰治の『トカトントン』を朗読してくださった時のことも忘れられない。

また、カトリックのクリスチャンであった先生は、遠藤周作の『沈黙』のお話をされた。キリシタン弾圧の中で日本人はどうキリスト教信仰を続けることができたのか、と興味を持ち、『沈黙』を読み終えたとき、深く感動した。

口語文法についても、三上章の『象は鼻が長い』を紹介しながら、「は」と「が」の違いについてお話しされて、これも目から鱗であった。

つまり、先生は中学生だからこれくらいのものでいいと割引することなく、常に第一級のものを与えて下さったのだ。私が国語教師になったのも石賀昇先生の影響が大きい。

高校は、あのラフカディオ・ハーンが教えた旧制松江中学を前身とする松江北高校ではなく、戦後生徒数が増えたために新たに創った松江南高校に通うことになった。教師らは、「北」に追いつけ追い越せと号令を掛けた。高校時代の思い出は灰色に塗りこめられているようで、クラスの者ともほとんど口もきかず、家で一人三木清やら島木健作やらを読んでいた記憶しかない。

同期に、最近よく新聞やテレビに登場する、元東京地検特捜部検事の郷原信郎弁護士がいる。

このまま、田舎に幽閉されてしまうのはかなわないと思う一心で東京の大学を受験した。試験の前か後か覚えていないが、既に東京で働いていた次兄に連れられて、渋谷の東急名画座でチャップリンの『モダン・タイムス』を観たことを記憶している。

都立大学に入学して暫く何か呆然の体でいた私は、誘われるままに「大原セツルメント」サークルに入った。大学から出て、「地域」で活動することで学ぼうというサークルである。地域の子供会をやる児童部、中学生部でなく、青年労働者と一所にサークル活動を行うという青年部に所属した。歌声サークル『赤とんぼ』である。東急目蒲線「西小山」駅近くの青年館を拠点にして、陣馬山や高尾山へのハイキング、秋川でのキャンプ、ギター教室、スケート、卓球などいろいろなことをやってきた。歌声サークルであるので、青年館やハイキングの折に、歌を歌った。ハイキングに誘うために、西小山の駅や銭湯の前でチラシを配ったことも覚えている。そこに集まったのはパン屋さんの店員、バスの整備工、メッキ工、印刷工、トラック運転手など様々な職種の青年労働者たちだ。過酷な労働の毎日、束の間の憩いを求めて『赤とんぼ』に集まった。厳しい言葉が、私の胸に棘となってささることも一度ならずあったが、そこでの一人ひとりの生きざまに学ぶことが実に多かった。彼らを裏切るような生き方をすまいと、思ったのだった。

『赤とんぼ』はその後解散するが、二〇一七年十月八日に西小山の「銀や」という居酒屋で四十数年ぶりの同窓会を開き、遠くは鹿児島、島根からも集まって旧交を温めた。

『赤とんぼ』創立時のメンバーにサスケ（佐々木行正）くんがいる。彼がフォークの弾き語りの達人であるので、それで『赤とんぼ』が歌声サークルになったのだ。その頃、彼はオカリナの楽器職人で、吉祥寺に住んでいた。彼の下宿に遊びに行くと、怪しげなミュージシャン（？）がギターを弾いていたりした。吉祥寺にあった、高田渡が歌っていた「ぐぁらん堂」に連れて行ってくれて、「猫まんま」を喰ったこともあった。サスケ君の歌う、岡林信康の『チューリップのアップリケ』『友よ』、高田渡の『生活の柄』は絶品である。

さて、この本の題名『ほんそご』って何だろう、と訝しがられる方が多いと思う。

「ほんそご」とは出雲弁で、「大切に可愛がり育てている子」「かけがえのない存在として慈しみ愛する子」という意味である。全てのひとは、「個人の尊厳」を侵されることなく、お互いに「個人」として尊重し合わなくてはならない。私は、自分の人生の中で出会った人に「ほんそご」として育てられてきた。そして、人生で出会った子どもら、人びとを「ほんそご」として敬おうと努めてきた。そのような思いを込めて、命名したのである。

『奔走子（ほんそご）』上梓にあたり、扉絵カットをモクタン・アンジェロ（かつて駒込学園に留学し、ブラジル出身の漫画家として現在活躍中）さんにお願いした。

最後に、推薦文を書いて頂いた駒込学園理事長末廣照純先生、国語教育について多くの示唆を与えて頂いた竹内常一先生、議論の中で沢山学ばせていただいた福田淑子先生始め高生研国語サークルのみなさん、駒込学園で私を鍛えて頂いた先輩の先生方、同僚の先生方、組合を通じて学ばせていただいた他私学のみなさん、そしてなによりも、私の授業につきあってくれた生徒諸君に感謝の意を表して筆を擱きたい。

〈著者紹介〉

和田 敏男（わだ としお）

1955 年 島根県松江市生まれ。
1977 年 東京都立大学人文学部卒業。
1977 年より 2020 年まで私立駒込学園国語科教諭。

奔走子
—かけがえのない存在—

定価（本体 1500円+税）

2020年 8月 23日初版第1刷印刷
2020年 8月 29日初版第1刷発行
著　者　和田敏男
発行者　百瀬精一
発行所　鳥影社（www.choeisha.com）
〒160-0023　東京都新宿区西新宿3-5-12トーカン新宿7F
電話　03（5948）6470, FAX 03（5948）6471
〒392-0012　長野県諏訪市四賀 229-1（本社・編集室）
電話 0266（53）2903,　FAX 0266（58）6771
印刷・製本　シナノ印刷

ISBN978-4-86265-834-0　C0095